残酷な真実

シャーリーン・サンズ 作
南　和子 訳

シルエット・ディザイア
東京・ロンドン・トロント・パリ・ニューヨーク・アテネ・アムステルダム
ハンブルク・ストックホルム・ミラノ・シドニー・マドリッド・ワルシャワ
ブダペスト・リオデジャネイロ・ルクセンブルク・フリブール

Heiress Beware

by Charlene Sands

Published by Harlequin K.K., Tokyo, 2007

シャーリーン・サンズ　一九九五年に小説を書きはじめ、これまで数々の賞にノミネートされてきた。少女のころから、ロマンス小説の大ファンだったという。二人の子供の手がすでに離れたので、彼女にとって生涯の〝ヒーロー〟である夫とともに、週末のディナーや映画に出かけるのが何よりの楽しみだと語る。カリフォルニア在住。

主要登場人物

ブリジット・エリオット……雑誌編集者。別名ジェーン・ドゥ。
フィノーラ・エリオット……ブリジットのおば。
ブライアン・エリオット……ブリジットのいとこ。
パトリック・エリオット……ブリジットの祖父。
メーコン・リッグズ……保安官。愛称マック。
リジー・リッグズ……メーコンの妹。

1

「エンストなんて起こさないで」ブリジット・エリオットは切に願った。だが、いまいましいレンタカーは彼女の願いにもかかわらず、動かなくなった。モーターはとまり、何回キーをまわしても、何度アクセルを踏んでも、微動だにしない。

ブリジットはフロントガラスの外をうかがってみた。目に映るのは、広大で乾燥したコロラドの大地と眼前に延々と続く道路、それにうだるような暑さの一日を予感させる、夜明けの輝く太陽だけだ。ニューヨークで生まれ育ったブリジットは焼けつくように暑い六月の日々に慣れてはいるものの、コロラドに来たのはこれが初めてだ。そしてその景色を見て、ふたたびこの地を訪れなくてすむことを、彼女は心底願った。

だが、彼女がしようとしていることは義にかなっていた。ブリジットは昨夜行われた、いとこのカランの結婚披露宴の最中に耳寄りな情報を得て、深夜便に飛び乗った。彼女は一晩中、飛行機の中でこの先の計画を練っていた。本の最後の章として加えたい。その本は、彼女の祖父が二世代にわたって家族に隠してきた秘密やついてきた嘘《うそ》を暴露するものだ。家長のパトリック・エリオットは世界有数の雑誌帝国である〈エリオット《E》・パブリケーション《P》・ホールディングス《H》〉のオーナー兼最高経営責任者《CEO》を務めている。その男の実体がついに白日の下にさらされるのだ。エリオット一族をいい方向に向かわせるには、それがなによりの方法と言える。ブリジットは暗雲を一掃し、家族の秘密を暴き、祖父を失脚させることのできるスキャンダルをすっぱ抜くつもりでいた。

おじい様には当然の報いだわ。その年の初めに祖父がしでかした最後の愚かな行為は、家族全員を呆《ぼう》然《ぜん》とさせ、怒らせた。彼はまもなく引退することを発表したのだが、後継者を耐えがたいゲームによって選ぶことを思いついた。つまり、四人の子供たちをたがいに仕事で競わせるというのだ。

それはブリジットにとって、我慢の限界を超えさせものとなった。

それでこの六カ月間、ブリジットはおばのフィノーラの子供をさがしつづけてきた。おばが十代のときに身ごもった子供は養子に出されていたが、その養子縁組も、おばの父、パトリック・エリオットが強要したものだ。ブリジットの大好きなおばは、子供を失った痛手を忘れられず、そのむなしさをうめるために、『カリスマ』誌に一生を捧《ささ》げることを選択したのではないか。ブリジットはそんな気がしていた。『カリスマ』で写真編集者を務める彼女は、二十年以上たった今でも、おばの目に喪失感が浮かんでいるのを何度か目にすることがあった。

ブリジットはその子供がどこの誰かを知っていると断言する人物からのたしかな情報を得て、ついに突破口を見つけたのだ。コロラド州ウインチェスター郡に行って、フィノーラおばの娘をさがしあてなければいけない。おばの子供を見つけることで、本の最終章が確実なものになる。世間は祖父が実際はどんな人物であるかをようやく目にするのだ。

午前六時になろうとしていたが、道路には人っ子一人いない。当然のことながら、もしハイウェイ二五で車が故障していたら、今ごろはとっくに救い出されていたはずだ。だが、情報提供者から行き方を聞き、交通量の多い幹線道路ではなく、この二車線の道を選んでしまった。

ブリジットは運転席に前かがみになって、ため息をついた。無駄にする時間はない。そのとき、携帯電話のことを思い出した。とにかく、助けは呼べる。おそらく、すぐにここから脱出できる代車を手配できるかもしれない。彼女はバッグの中に手を伸ばし、携帯電話を取り出したが、希望はあっという間についえた。電池切れだ。いつも充電することを忘れてしまう。数分の間に二つの電池が切れたことになる。いや、車のバッテリーは切れたと思いこんだだけで、実際には切れていないかもしれない。勘違いの可能性だってある。

ブリジットはもう一度、イグニッションキーをまわしてみた。「さあ、お願い」彼女は車の神様に懇願した。「動いて」

駄々をこねる子供のように、ホンダ・アコードは頑としてその願いに応じようとしなかった。音一つしない。

「レンタカー会社に文句を言ってやるわ」ブリジットはつぶやきながら、バッグを肩にかけ、車を降りた。

ドアをばたんと閉め、歩きはじめた彼女は〝ウインチェスター郡、この先十六キロ〟という標識を少し前に見たことをぼんやりと思い出した。もし計算が正しければ、目的地に到着するのに、あと約八キロ歩くことになる。

「歩けるわよ」アスファルトの道にブーツの八センチ近いヒールの音を響かせて、ブリジットは進んでいく。いつもファッションを意識し、『カリスマ』誌に忠実な彼女だが、今は、どうしてウォーキングシューズを荷物に詰めてこなかったのだろうと思っていた。

必要なときに、私のナイキのシューズはいったいどこにあるの？

保安官のマックことメーコン・リッグズはパトカーから飛びおりて、道端に横たわっている女性のほうにまっすぐ大股で向かっていった。女性の体は崖《がけ》っぷちぎりぎりのところでぴくりとも動かない。もし崖から真っ逆さまにころがり落ちていたら、助かる見込みはなかっただろう。女性はわきを向き、脚は不格好にねじ曲がっているが、保安官がもっとも心配だったのは、後頭部についた血だった。そばの花崗岩《かこうがん》の鋭いくさび形の部分にあたったに違いない。岩に血がこびりついている。

マックは近づいていって、女性の顔に表情はないものの、美しいことには変わりないと気がついた。濃い金髪が顔を縁取り、まだいきいきとしたピンク色の唇はわずかに開いている。

マックは女性の手をとって、一回ぎゅっと握った。

「聞こえますか?」

マックは実際には返事を期待していなかったのだが、女性の目はすぐにぱちっと開いた。彼女はマックをじっと見つめ、数回、まばたきをした。マックは驚くばかりのラベンダーブルーの瞳を見つめた。金髪に色白の肌、そしてその青の特別な色合いが組み合わさって、彼女を誰の心にも残る存在にしている。

マックはさらにかがんで、女性を励ました。「保安官のリッグズです。大丈夫ですよ。事故にあわれたようですね」

「私が?」女性は静かに言った。眉を寄せ、当惑した表情を浮かべていることから、頭の怪我《けが》のせいでぼうっとしているのがわかる。

「そのようですよ。岩で頭を打ったらしいな」

ふたたび、彼女は困惑した顔を見せた。

「そのまま動かないでいてください。崖っぷちにいるんですからね。すぐに戻ってきます」まもなく、マックはパトカーに積んである救急箱を持って、女性のそばに戻ってきた。「あなたが大丈夫と言うまで動かしませんよ。どこか痛むところはありますすか？」

　女性はかすかに頭を振った。「いえ、それほどでもありません。頭ががんがんしているほかは」

「そうでしょうね。起きあがれそうですか？」

「ええ」

　マックは膝をつき、女性の肩に両腕をまわして、彼女に手を貸し、起きあがらせた。マックの指先の下で、ラズベリーピンクのセーターの背中がまくれあがっている。だが、マックの目を引いたのは胸のVネックだった。彼は一回、ぱっと目をやったあと、やわらかな肌と頭をくらくらさせる胸の谷間に視線を向けないようにして、怪我をした女性を助けることに気持ちを集中した。「よし、これで君の後頭部を見ることができるぞ」

「ひどそうですか？」

　マックはざっと調べてみた。髪についた血は固まっていて、にじみ出てはいない。だが、彼女がいつから気を失っていたのかはわからない。この道をときどきパトロールすることにして、よかった。さもなければ、彼女はディアリック渓谷にころがり落ちていたかもしれない。

「実際、とても運がよかったですね。それほどひどい怪我には見えませんよ」マックは手当てができるように、女性のうしろに座り、湿らせたガーゼで傷口を軽くたたき、その大きさを確かめるために髪をかき分けた。「痛みますか？」

「いいえ。続けてください」

「あなたの名前は？」マックは女性が痛みをこらえているのに気づき、彼女の気をまぎらわせようとして、尋ねた。

「私の……名前ですって？」

「ええ。それに、ここでなにをしていたのか、話してください。なにが起きたんです？　ころんだんですか？」

緊張が走り、女性の体は板のように硬くなった。

彼女がなおもためらっていると、マックは口調をやわらげた。「わかりました。それではまず、名前をうかがいましょう」

「私の名前は……」女性は話しはじめたが、またもう一回、最初から言い直した。「私の名前は……」彼女はマックからさっと離れて振り返ると、マックの目を見つめて、狼狽《ろうばい》した表情を浮かべ、目をしばたたいた。「わかりません」声を張りあげて言うと、また言葉を切って、記憶をさぐっているかのように、視線をあちこちにすばやく動かした。「自分が誰なのかわからないの！　なにも思い出せないのよ！」目が涙でいっぱいになり、彼女はその涙を振りはらおうとして、激しくまばたきをした。絶望の入りまじった声で、気も狂わんばかりに繰り返す。「わからないわ。わからないの」

マックは立ちあがると、手を伸ばして、女性の両手をとり、ゆっくりと立たせた。彼女の常軌を逸したふるまいを見て、崖っぷちから遠ざけたいと思った。「大丈夫ですよ。医師によく調べてもらいましょう」

「大変だわ。なに一つ思い出せないの。自分が誰なのか、ここでなにをしていたのか、まるでわからないのよ」彼女は訴えるように、マックの袖《そで》を引っ張った。「私はどこにいるの？」

「ウインチェスター郡です」

女性はマックをうつろな表情で見つめた。

「コロラド州ですよ」

彼女は目を見開き、頭を激しく振った。なにかを思い出そうと必死になっている顔に、決然としたものが浮かんでいるのをマックは目にした。「私はここに住んでいるんですか？」

「わかりません。歩いていたようですが、あとで車をさがしましょう。あなたの持ち物も見あたりません。バッグもリュックもなにもないのです。もしなにか持っていたとしたら、ころんだときに崖から落ちたのでしょう。もしあなたがころんだとしたらの話ですがね。だが、一つ、はっきりとわかることがありますよ。あなたのはいているそのブーツからすると、ハイキングをしていたのではないと思いますね」

彼女はなめらかな黒革のブーツに視線を落とし、それから身につけているほかのものに目を向けた。デザイナージーンズ、軽めのカシミヤのセーター、そしてななめに巻かれた黒のスエードのベルト。だが、奇妙なことに、文字盤にきらきら輝くダイヤモンドが一つついた腕時計以外、宝石類は一つもない。目にしたものはまったく見覚えのないものばかりだ。見知らぬ人の服を見ているかのようだ。「思い出せないわ！　どうしよう。なに一つ、覚えていないの！」

「さあ、ドクター・クォールズのところに行きましょう」マックは女性の手をとったが、彼女は一歩、足を進めただけで、がっくりとくずおれてしまった。

「うわっ」マックは声をあげて、女性をつかんだ。

マックが女性を自分のほうに向けて引き寄せると、彼女は彼の首に両腕をまわし、倒れないようにしがみついた。マックは彼女が自分の胸に頭をのせたとき、一瞬、ぎゅっと抱きしめた。彼女は落ち着きを取り戻すために、あるいは精神的な支えを求め、ただ彼に寄りかかるためだけに、この瞬間を必要としているように見える。マックは彼女の驚きがよくわかった。見覚えのないところで意識を取り戻し、自分が誰なのか、そこでなにをしていたのか、まったくわからないなんて、恐ろしいことに違いない。

女性を辛抱強く抱きながら、マック自身も落ち着きを取り戻した。保安官という仕事をしている者として、彼は自分の喉が脈打ち、鼓動がわずかに速まっているのを認めようとしなかった。それでも、彼女はやわらかく、美しく、腕に抱いた感触がとても心地いい。マックにとって、久しぶりのことだ。女性を抱くのがどんな感じだったか、彼は忘れかけていた。だが、彼女の次の言葉がマックを仕事に引き戻した。

「頭がぐるぐるまわっているわ」

マックは躊躇《ちゅうちょ》せずに女性を腕に抱きあげ、ゆっくりとパトカーに近づいていった。彼女を車に乗せる前に、数秒、あたりのようすに目を走らせた。車も、彼女の持ち物も、どこにも見あたらない。あとで部下を数人連れて戻り、近辺をくまなくさがさせよう。今はこの若い女性を医師のところに連れていかなければならない。

そのあと、身元を調べ、彼女がここに現れた謎《なぞ》を解明しよう。

自分が誰なのかわからない。自分自身について、なに一つ覚えていない。頭がぐるぐるまわり、彼女は自分を腕に抱いている男性にだけ、目を向けた。リッグズ保安官。彼はやさしく、でも力をこめて抱いてくれている。彼女は守られ、安心な気がした。彼女は保安官の黒い目をじっとのぞきこみながら、彼女は彼が与えてくれた心地よさを頼りにしていた。彼はすてきな目をしている。警戒を解いたら、きっとそのほほえみもやさしいのだろう。でも、リッグズ保安官はめったに笑みを浮かべそうもない気がする。

マックはぎこちなくかがみこんで、彼女をパトカーに乗せたが、その体に彼の体が触れてしまった。そのうえ、手を離したときに、彼の腕が胸のふくらみのすぐ下をこすり、その偶然の触れ合いに、彼女は声には出さずに息をのんだ。

「大丈夫ですか?」マックは尋ねた。二人の顔はほんの少ししか離れていない。

マックは一瞬ためらい、女性を見つめた。二人の視線がぶつかり合う。彼女はうなずいて、アフターシェーブローションの香りを吸いこんだ。男らしい、かすかに麝香《じゃこう》の漂う香りだ。彼はもし必要なら、命がけで守ってくれそうな気がする。自分の仕事と人生を本気で考えている男性だと彼女は直感した。

マックは運転席に乗りこんで、エンジンをかけた。

「見覚えのあるものがあったら、知らせてください」彼は女性をちらりと見てそう言うと、車を走らせた。

女性はまたうなずいた。彼女は窓の外をのぞき、二人が車で走るにつれて高地が平らになっていくのを見守った。車は牛や馬の牧場がハイウェイ沿いに続いている谷間に入った。遠くの山の峰があたりの景色の雄大な背景となっている。ふたたび彼女は自分の身元について、なにかヒントか手がかりがないかと、頭の中をさぐりだした。私はここに住んでいるの？　これが私の家かしら？　それとも、なにかの仕事中だったのだろうか？　あるいは休暇で？もしかして誰かに会うところだった？

頭になにも浮かばず、彼女はめまいを払いのけたくて、目を閉じた。ドクターが私にとっていいニュースをもたらしてくれますように。

「そのまま動かないで」リッグズ保安官は私道に車を入れ、小さな病院の建物の前でとめた。

「歩けると思います」女性は車のドアを開けて、外に出た。暖かな空気がいっきに襲いかかってきて、彼女は車に寄りかかり、気持ちを落ち着かせるように息を吸いこんだ。

リッグズ保安官はすぐに彼女のそばに来て、心配そうに見つめた。「めまいはもう治まりましたか？」

「治まってはいないわ」彼女は答えた。「でも、よくなりつつあります」

ためらうことなく、マックは彼女のウエストに腕をまわし、診察室に彼女を案内した。

三十分後、ドクター・クォールズは彼女にくわしく説明したあと、保安官を呼んだ。「マック、この若い女性は一種の記憶喪失にかかっているようだ。逆行性記憶喪失にかかると、患者は事故あるいは事件の前に起きたことをなに一つ思い出すことができなくなる。頭を打ったせいで記憶を失った可能性があるが、この種の記憶喪失はストレスによって引き起こされる場合もある。いい知らせとしては、長引きそうな傷害は一つもないことだな。身体的には元気だよ。そう、一日二日は頭痛がするだろう。念のため、病院でいくつか検査を受けるといいだろうな。怪我は大したことはないが、もし彼女が——」

「私の記憶はいつ戻りますか?」女性は医師の話をさえぎって、鋭い口調で尋ねた。

ドクター・クォールズは眼鏡ごしにやさしい茶色の目で彼女をじっと見つめながら、首を振った。

「それには答えられないいな。何時間、何日、何週間になるかもしれない。記憶を失ったまま、何カ月も過ぎる患者もいるよ。たいてい、この種の記憶喪失では、最初に昔の記憶を取り戻しはじめるんだが、君に言っておかなければいけないことがある。そもそもの記憶喪失を引き起こしたと思われることは決して思い出さないだろう。頭がそれを思い出させないようにする傾向にあるんでね」

「それでは、どうしてこんなことが私に起きたのか、思い出すことはないかもしれないんですね?」

「そのとおり。思い出す可能性もなくはないがね。頭痛が治まらない場合は、すぐに知らせてほしい。明日までにはずっとよくなるはずだからな」

「でも……でも」自分の置かれた状況が頭の中ではっきりとわかってきて、彼女は言いかけた。「すぐには記憶が戻らないということですね?」

「すぐとは?」

「今日です。ドクター、私は自分が誰なのか知る必要があります。今日!」

「残念ながら、それはないと思うよ。無理だな」

「なにかできることがきっとあるはずです」おびえた女性は震えはじめた。抑えられないほど体が震えている。「いや」彼女は額をこすりながら言った。「いや。こんなの嘘だわ。私はどうなるの? どうすればいいのかしら?」彼女は泣くまいとしたが、震えを抑えることはできなかった。パニックに襲われ、さらに体が震える。ウインチェスター郡に知っている人は誰一人いない。それを言うなら、どこにも知り合いはいないのだ。ここに家族がいるのかもわからない。自分自身について、なに一つわからない。一つの記憶を、たった一つだけでも呼び戻そうと必死になって、ふたたび頭の中をさぐった。だが、なに一つ浮かんでこない。自分の名前さえわからないのだ! すべてが恐ろしい夢のようだ。

ドクター・クォールズは保安官にちらりと目をやってから、女性を見つめた。彼はそっと安心させるような口調で話しだした。「妻と二人暮らしの私の家には一つ、空いている部屋があるんだ。娘のケイティの部屋だったんだが、今ではすっかり大きくなって嫁いでいったのでね。よかったら、事が解決するまで、私たちの家に来ないか?」

彼女は途方に暮れた。これほど親切な申し出に、なんと言えばいいのかわからない。言葉では感謝の気持ちをじゅうぶんに表すことができない。感情が高まって、喉がつまり、彼女はどうにかささやくように答えた。「ありがとう。ありがとうございます」

「それなら、決まりだ。妻に電話して、お客さんを迎えると知らせてくるよ」

彼女はリッグズ保安官の濃い茶色の、なにを考えているのか読み取ることのできない目に視線を向けた。なぜか、彼の承認が欲しかった。ほんの短い間のうちに、命の恩人と言える男性を頼るようになっていたのだ。

　保安官はなにか決心しているかのように、しばらくじっと彼女を見つめていた。彼の唇は一瞬、正確にはほほえみとは言えないものの、それにほんの少し届かない程度にゆがんだ。

「待ってくれ、ジョン」リッグズ保安官は命令口調で声をかけ、部屋を出ていこうとしている医師の足をとめた。「僕に別の考えがある」彼は女性に突き刺すような視線を向けた。「彼女は僕のところに泊まればいい」

2

　この女性の身の安全について責任を感じたからか、あるいは、彼女があの驚くほど青い瞳で見あげていたせいなのか、マックはこの〝身元不明の女性《ジェーン・ドゥ》〟を見捨てることができなかった。ウインチェスターきっての親切な夫婦で知られるジョンとドリスのクォールズ夫妻にさえ、彼女をまかせられない。

　マックの中のなにかがそれを許さなかった。そして誘いの言葉がためらいもなく、口からこぼれ出た。

　彼女は診察台を離れ、マックの目をまともに見ると、眉を寄せ、希望に満ちたかのような口調で尋ねた。「あなたの家に泊まらせてもらえるの？」

　マックはうなずいたが、説明を付け加えるのを忘れなかった。彼女を女性として誘っているわけではない。もし別の状況で出会っていたら、間違いなく興味を持っていただろう。しかも最近、彼の興味を引く女性はあまり多くなかった。だが、マックは女性のこととなると、以前よりも賢く、ずっと懐疑的になっていた。結婚に失敗したという、よくない実績があるからだ。それでも、ジェーン・ドゥはなにか気にかかる。助けの手を差し伸べ、食べ物と住むところを提供するだけだ。

「あくまでも仕事としてだ。僕は保安官事務所の裏に住んでいるので、もし君がすぐそばにいれば、君の過去を調査しやすいだろう。ドクター・クォールズの住まいは……」マックはあいづちを求めて、医師に目をやった。「町から少なくとも二十キロは離れている。そうですね?」

ドクター・クォールズはうなずいた。「そのとおりだ。快適な住まいだが、残念ながら町の外にあってね」

マックは説明を続けた。「僕は妹のリジーと住んでいるので、君と二人きりになることはない。ほんとうだよ。妹は学校の先生をしていて、一日中、十代の子供を相手にしているから、大人と付き合えるのをきっと喜ぶはずだ」

「ドクター、彼の話に納得がいきましたわ」彼女はドクター・クォールズに話しはじめた。「自分の身元を見つけ出すためには、保安官といっしょに行動する必要があると思います。お宅に泊まるように申し出ていただいて、ほんとうにありがとうございました」彼女がほほえむと、口の端にえくぼが浮かんだ。マックはその微笑に心を奪われたが、すぐさまそんな思いにストップをかけた。

「検査はすんだのかな?」マックは医師に尋ねた。

「ああ、痛み止めを処方しておいたが、もしまためまいがしたり、気を失ったり、なにか普通でないことがあったら、知らせてくれ」

「わかった」マックはそう答えてから、新しく家に迎える客に顔を向けた。「用意はいいかい、ジェーン?」

「ジェーン?」彼女は鼻にしわを寄せた。

「ジェーン・ドゥだよ」マックはそっと言った。彼女をなにがしかの名前で呼ばなければならない。「もし別の名前のほうがよければ、それでもいいけどね」

「ジェーンって、ほかのどの名前よりもいいと思うわ」

「よし、ジェーン。家に行こう」生まれて初めて、マックは家に女性を連れていき、溺愛《できあい》している妹に会わせることになる。

岩で頭を打ったのはマックのほうだと思われてしまうかもしれない。


「あなたのお仕事のじゃまをしたくないわ、保安官」ジェーンはマックの家の居心地のいいキッチンで、彼の向かい側に座っている。彼はジェーンをウインチェスター郡保安官事務所に案内したあと、車で自宅に連れてきた。保安官事務所は町のメインストリートに面していて、ほんの少し離れたところにある。マックの家はそのすぐ裏の、古風で趣のある住宅街に位置していた。

ジェーンは家に足を踏み入れた瞬間、寝室が三部屋ある、その魅力的な家が気にいった。そこには人の住んでいるぬくもりがあった。

「マックと呼んでくれ」彼はごくかすかにほほえみと呼べそうなものを浮かべた。「それに、これは仕事だ。君が二、三、質問に答えられる状態だといいんだが。今日、あとで部下を連れて、君が倒れていたあたりを捜索しに行くつもりなのでね」彼はコーヒーの入ったカップと、カウンターで手早く作った七面鳥のサンドイッチをすっと差し出した。

「まあ、ありがとう」

「僕の仕事だよ」マックは反射的に答えた。

ジェーンはくすくす笑った。この男性にかかったら、すべてが仕事なのね。「違うわ。食事のことを言ったのよ」

マックはジェーンの目を一瞬見つめて、言った。

「とても食事なんて言える代物じゃないさ。料理はリジーのほうが僕よりずっと上手だよ。三時過ぎには家に戻ってくるだろう」

「私がここに泊まらせてもらうことが迷惑でなければいいのだけれど」

すぐにマックは口を開いた。「迷惑なものか。むしろ君がうんざりするほどおしゃべりをするだろうよ。妹は人と話をするのが大好きなんだ。特に自分がずっとしゃべりつづけるのがね」

「あら、それでわかったわ」ジェーンはまじめすぎる保安官をからかって言った。「だから、私をここに泊まらせたいと思ったのね。重荷を取り除くために。そうでしょう?」

ぴしゃりと否定するかわりに、マックは調子を合わせて、ジェーンをひどく驚かせた。「そのとおり。君はなんでもお見通しだね」

「サンドイッチをありがとう」ジェーンは一口かじり、コーヒーをすすった。「私に尋ねたいことって、なにかしら?」

マックは頭をかき、身を乗り出した。「君が一人でここに来たのかどうか、知りたい。それに、誰かが君に危害を加えようとしていたかどうかもね。すまないが、尋ねなければならないんだ」

誰かに危害を加えられたとは思いもしなかったが、ジェーンは驚きは感じなかった。実際、真っ白な紙のように、まったくなにも感じない。彼女はなにかひらめくことがないかと期待して、記憶をさぐってみた。「わからないわ。思い出せない。誰かが私をあの崖《がけ》の上に故意に置き去りにした可能性があると思うの?」

「なんとも言えないが、おそらくは。ボーイフレンドが嫉妬《しっと》に駆られてとか、そういうことも起きているようだ。実際のところ、君は身分を証明するものをなに一つ持っていない。乗り捨てられた車も道にはなかったが、それは調査するとして、君には所持品がまったくないんだ」

「そうね」ジェーンは失望を封じこめた。保安官は真相を突きとめようとしているだけなのだとはわかっている。「おかしな話だけれど、あなたの質問にまったく答えようがないのよ。私が覚えているのは、あの道で意識を取り戻したこと、日の光で体が暖かかったこと、それにあなたの目をのぞきこんだことだけよ。あなたはなんてすてきな目をしているのかしらと思ったのを覚えているわ」彼女は胸の中にしまっておくはずのことを口にした。

保安官はまたもや読み取ることのできない表情を浮かべて、ジェーンを見つめた。自分一人の思いは胸の中だけにしまっておくものよ。ジェーンはそう自分に言い聞かせながら、気まずい思いを振りはらった。

「ほかには?」ジェーンは皿をつかんで尋ねた。

マックもすぐに手を伸ばし、ジェーンの手から皿をとったが、二人の手が軽く触れ合い、彼女ははっとして、身をすくませた。心臓が胸から飛び出しそうなほど強く打っている。背筋がぞくぞくするのは間違いなく快感なのだが、歓迎すべきことではない。親切にも家に泊めて、保護してくれようという男性に欲望を抱く余裕はない。それ以外にも、心配事はいやと言うほどじゅうぶんにかかえているのだから。

「僕の世話をしてもらうつもりはないからね」マックはきっぱりと言った。

ジェーンはふうっと息を吐き出した。「私もここで体重を増やすつもりはないのよ。さあ、もしそれ以上質問がないのなら、キッチンを片づけるわ。あなたは捜査があるんでしょう?」

マックは目をしばたたいて、唇を引き結んだが、ジェーンは彼がにやりと笑いそうになるのをこらえていると確信した。「はい、お嬢さん。すぐに取りかかりますよ」彼はぱっと立ちあがり、胸を張って、落ち着きを取り戻した。「リジーがもうじき戻るが、その前になにか必要だったら、保安官事務所に電話してくれ」彼はカウンターの上のメモ帳に番号を走り書きした。そして黄褐色の帽子をさっとかぶり、ジェーンがテーブルを片づけはじめると、一回、顔をしかめはしたが、別れの挨拶《あいさつ》がわりにうなずいてみせた。

マックは私道にとめてあったパトカーに大股で近づいていった。それを戸口から見守りながら、彼のうしろ姿も魅力的だとジェーンは思った。引き締まったヒップに黄褐色のパンツをはき、チョコレートブラウン色の制服のシャツが広い肩にぴんと伸びている。マックは車に乗りこみ、エンジンをかけると、最後にジェーンをちらっと見て、走り去った。

おかしいわね。マックがそばにいると安心できて、守られているように感じる。けれど、いなくなったとたん、浮きたった気分は消えうせてしまう。彼女は一人ぼっちだった。見知らぬ家の中だけでなく、頭の中でも一人だ。なに一つ記憶はなく、頼るものも、慰めを見いだせるものもない。そのことがなによりも彼女をおびえさせた。

ジェーンは部屋から部屋へと歩きまわって、知らない家に慣れ、マックの妹に会う心の準備をした。マックは大丈夫だよと言って、安心させてくれたが、彼の妹は侵入者をよく思わないかもしれない。

ジェーンは、マックが当分の間、彼女用にと決めた部屋に入っていき、ベッドに横になった。標準サイズのマットレスは寝心地がよく、彼女は部屋の楽しげな装飾に気がついた。きっとリジーが家の中を飾っているのだろう。レースのカーテンや香りのするキャンドルが置かれた壁の燭台《しよくだい》など、家中に女性らしい手が加えられている。あの現実的なリッグズ保安官らしくない。

ジェーンはやわらかなキルトの上で体をまるめ、目を閉じた。悲惨な一日の疲れが彼女をおおいつくす。目が覚めたとき、どうにか記憶が戻ることを願うばかりだ。

そして、この一日の悪夢が終わることを。

はっきり聞き覚えはないけれど、耳に残るメロディをハミングする声で、ジェーンは目を覚ました。目を開くと、あたりの見慣れないようすが目に映る。彼女はまばたきをしながら、部屋中を見まわした。すべてがとまっているようだ。一瞬、なに一つ思い出せない。すると、またたく間にすべてがものすごい勢いでよみがえってきて、ジェーンは自分が突然、ここウインチェスター郡に現れたことを思い出した。リッグズ保安官の家に泊めてもらうことになって、客室で眠ってしまったのだ。

ジェーンはベッドに背筋を伸ばして座りこんだ。この数時間の記憶以外のことをなにか思い出せないかしら。なにも思い浮かばないとわかると、すばやく起き出して、誰がハミングしているのかと、部屋のドアから顔をのぞかせた。

「あら、こんにちは！　起こすつもりはなかったのよ」短い赤褐色の髪に、マックと同じエスプレッソのような茶色の目の、ほっそりとした女性が声をかけてきた。彼女は大きく顔をほころばせながら、廊下を近づいてくる。「歌を歌っていたのよ。頭から離れなくて、自分がハミングしていることも、あなたがゆっくりするのをじゃましていることにも気づかなかったわ。あなたにもそういう歌があるでしょう」

「その歌には聞き覚えがないわ」ジェーンはなにか手がかりがないかと頭の中をさぐりながら言った。

「知っていてあたりまえの曲なの？」

「カントリーミュージックを聞かない人にはなじみがないでしょうね。ティム・マグローの最新曲よ」

「そうなの」ジェーンは肩をすくめた。自分自身について新しいことがわかった。「私はどうやらカントリーミュージックは好きではなさそうね」

　女性はもう一度ほほえんで、手を差し出した。

「はじめまして。マックの妹のリジーよ」

　ジェーンはリジーの手をとったが、リジーは握手するかわりに、もう片方の手をジェーンの手の上に重ねて、やさしくぎゅっと握り締めた。

「兄からあなたの状況についてはすべて聞いているわ。記憶喪失だなんて、お気の毒に思うわ。自分が誰なのかわからないって、きっとおかしな感じなのでしょうね」リジーは安心させるような、温かな笑みをジェーンに向けた。「あなたが記憶を取り戻すまで、いつまでもここにいてかまわないのよ。兄には私がそう言っていたと話さないでほしいのだけれど、兄はぴか一の保安官だわ。あなたが誰か、それを見つけ出す方法があるとするなら、見つけ出すのはきっと兄でしょうね」

　ジェーンはうなずいた。彼女はすでに彼を仕事熱心な保安官だと認めている。「マックは私をジェーン・ドゥと呼んでいるのよ」

　リジーは眉を寄せた。「まったく、独創性に欠けるわね。あの人には想像力がまるでないのよ」

「かまわないの。ジェーンと呼んでちょうだい」

「わかったわ、ジェーン。会えてよかったわ。そしてようこそ。私の家はあなたの家《ミ・カーサ・エス・ス・カーサ》よ」

「あなた方によくしていただいて、どんなに感謝しているか、言葉にできないわ。お兄さんはとても親切で、それに今度はあなたまで。心の底からお礼を言います」

リジーはすばやく手を振って、ジェーンの感謝の言葉を払いのけた。「仲間ができてうれしいわ。私が高校で教師をしていることはマックから聞いたでしょう。生徒たちはみんな、小悪魔なの。だけど、みんな大好きよ」

ジェーンは声をあげて笑った。リジーは相手を笑顔にさせるこつを心得ている。「あなたが仕事を愛しているのはすぐにわかるわ」

リジーはうなずいた。「そのとおり。でも、学校はもうじき休みに入って、夏の間ずっと休みなの」

ジェーンは自分自身の仕事はどうなのかと思いをめぐらせた。私は仕事についていたのだろうか。誰かがもうすぐ私のいないことに気づくかしら。それとも、ここにはなんらかの休暇で旅していただけなのだろうか。その思いはすべて振り出しに戻ってしまうようだった。私は誰？　そして、どうしてウインチェスター郡にいるの？

「教えて」ジェーンは好奇心をそそられたように、リジーに尋ねた。「あなたの頭から離れないあの歌だけれど、なにを歌った歌なの？」

「《死ぬ気で生きろ》のこと？　精いっぱい生きなさいという歌よ。地上にいる間に人生を満喫しなさいということね」リジーは軽く肩をすくめた。「少なくとも、私はそう解釈しているわ」

「それであなたは？」ジェーンはリジーの答えをほぼ確信しながら尋ねた。「精いっぱい生きている？」

リジーの笑みはいくらか消え、彼女はまじめに答えた。「いいえ。もっと大胆になりたいと思っているのだけれど、危険を冒すことができないのよ」驚いたわ。ジェーンはなんと言えばいいのかわからなかったが、リジーはすぐに立ち直り、にっこりして言った。「それに、誰がマックの世話をするの？　兄は私を必要としているわ。兄には特別な人がいないのよ。しばらく前からね。数年前に離婚したの」

「マックはあなたがいて幸運だわ、リジー。実際、あなたたちはおたがいがいて幸運ね。私にもきょうだいがいるのか、わかるといいのだけれど」

リジーは手を伸ばして、ジェーンの手をとった。彼女の茶色の瞳は温かく、ジェーンをほっとさせる。「すぐに記憶が戻るわよ。明日にも戻るかもしれないわ。でも、それまでの間、ここウインチェスターに友達ができたことを知っていてね」

ジェーンは自分自身についてなにもわからなかったが、きっとリジー・リッグズを友達にしたいと思ったに違いないと確信した。「ありがとう」

「私ったらひっきりなしにしゃべっていて、体を洗いたいかどうか、きいてもいなかったわね。熱いシャワーがいい？　それともバブルバスがいいかしら？　その服も脱ぎたいでしょう」

リジーがよく気づき、寛大な態度で接してくれるので、ジェーンはくつろいだ気持ちになった。そのことを彼女はこの先ずっと感謝しつづけるだろう。

「脱ぎたいわ。どうしてか、わからないのだけれど、二十四時間、この服を着たままのような気がするの」ジェーンはリジーにちらりと目をやった。頭をめまぐるしく働かせている。「実際、そうなのかもしれないわ」

リジーはうなずいた。「たぶんね。それならなおさら、その服を脱いで、ほかの服に着替えなくては」

ジェーンにはほかに着るものがなにもなかった。彼女がちょうどそのことを告げようとしたとき、リジーが口を開いた。

「私にまかせてちょうだい。ゆっくりくつろいで、楽しんでね。バスルームに案内するわ。ラベンダーの香りがするバブルバスが待っているわよ」

ジェーンは突然、早く服を脱ぎ、体を洗いたくてたまらなくなった。そして自分自身について一つ、新しいことがわかった。

私は、どんな日でも、シャワーより湯気の立ちこめた熱いバブルバスのほうが好きなんだわ。


マックはガンベルトをはずし、帽子を脱ぎながら、裏口からキッチンに入り、古ぼけた木のラックにその両方をかけた。リジーにキッチンを最新のものにしようとしつこくせがまれているが、彼はそのままにしておくほうを好んだ。変化はマックを不安にさせる。彼は欠けたタイルや時代遅れのカーテンに慣れきっていた。「おい、リジー」彼は声をかけた。

「リジーではないわ」その声に、マックはくるりと振り向き、ジェーンと向かい合った。「私よ」

キッチンにジェーンがいるのを目にして、マックは一歩あとずさった。彼女の顔はきれいに洗われ、金色の髪は濡《ぬ》れて、櫛《くし》でうしろにとかしつけられ、肩にたれている。ラベンダー色の目は前よりも大きく、表情豊かに見える。その目はしばらくマックをじろじろ見てから、オーブンのほうに向いた。

「リジーは今、ピラティスのクラスに出ているわ。あなたの夕食を温めるように言われているの。それでかまわないでしょう」

マックはぶっきらぼうに答えた。「いいよ」

「リジーは夕食は先にどうぞとも言っていたわ。クラスのあと、いくつか用事があるんですって。やけにあなたは私にくっついているようだけれど」

美しい女性が夕食を作ってくれるのを離れずに見守っているのも悪くないな、とマックは思った。彼はそこに立ったまま、ジェーンがキッチンで忙しくしているのをじっと見つめていた。ジェーンは見覚えのあるリジーの服を身につけていた。リーバイスのジーンズにTシャツを着ているが、リジーの着こなし方とはまるで違う。こんなにすてきに着こなす人を彼は見たことがなかった。

探偵の能力がなくても、血の通った男性なら、ジェーンがそのTシャツの下になにもつけていないことに気づくだろう。茶色と白の布地が胸で引っ張られ、胸の先端が突き出て、彼女が動くたびに、すべてがゆれる。

参ったな。

ジーンズの下につけていないかもしれないものについては、考えるのはよそう。「君のほうが僕にくっついているんだよ。なにか手伝おうか？」

ジェーンはオーブンに肉を入れようとして、オーブンミットを持った手をとめた。「大丈夫よ。ありがとう。夕食は一時間後には用意できるわ」

マックは首まで這《は》いあがってくるほてりを抑えながら、冷蔵庫に向かった。そもそも家に早く帰ってきた理由を思い出した。ジェーンにニュースがあるのだ。「ビールはどうだい？」彼はバドワイザーを一本取り出して、尋ねた。

ジェーンはオーブンの扉を閉め、立ちあがって、マックと顔を合わせた。「さあ、どうかしら。私はビールが好きなのかしらね？」

マックは二本目のビールをつかんだ。「それを知る方法はただ一つさ」彼はジェーンにビールを渡し、テーブルにつくように身ぶりで示した。二人は向き合って席についた。「どうだった？　気分は悪くない？」ジェーンは元気そうに見えるが、尋ねないわけにはいかない。マックは彼女の面倒を見ることを義務と感じていた。彼は決して自分の責任を軽く受けとめることはなかった。

「さっき少し休んだら、ほんとうにとても元気になったのよ。ずっと気分がいいわ」

「頭痛は？」

ジェーンは頭を振った。「いいえ、頭痛はないわ」

ほっと安心して、マックはうなずいた。ミス・ジェーン・ドゥのことがほとんど一日中、頭から離れなかったことに気づいた。今朝、彼女が倒れていたことや、そのあと今日一日をどう過ごしていたか、気にかかっていたのだ。「部下を数人連れて、君を発見した場所に行ってきたよ」

ジェーンはビール瓶を手の中で前後にくるくるまわして、もてあそんでいる。彼女の目は大きく開かれ、期待が顔に浮かんでいることにマックは気づいた。「それで？」

「そうだな。断言はできないが、君を発見したところから二キロ半ほど引っこんだ道に車の通った形跡があった。地面に新しいタイヤの跡を見つけたんだ。もしそれが君の車なら、たぶん盗まれたんだろう。だが、まったく無関係の可能性もある」

「それだけ？」

マックは頭を振った。「いいニュースでなくてすまない」

ジェーンはビールをぐっと飲んだ。マックは彼女の反応を待ったが、彼女はビール瓶が半分、空になるまで飲みつづけた。

「君はビールが飲めるようだな」

ジェーンは肩をすくめ、目を伏せた。「つまり、私はビールと熱いバブルバスが好きということね」

彼女は大きな、問いかけるような目でじっとマックを見つめた。「それでどうするの？」

マックは頭をかき、次の行動計画をくわしく説明しはじめた。「お決まりの手順さ。各地域の行方不明者の情報にあたり、明日は君の指紋を送って、該当するものがあるかどうか確認するよ」

「指紋ですって？　私が重罪犯の可能性があると思っているの？」ジェーンは唖然《あぜん》としたかのように、

重罪犯という言葉を小声で口にした。目に宿る苦悩をマックに見られたくない。

マックは頭を振った。本能的にジェーン・ドゥは犯罪者ではないとわかる。手を差し伸べて、彼女を安心させ、慰めたいのだが、彼の中の保安官がそれを許さない。自分がはっきりと境界を定めた線のうしろに立っているのがわかる。その線を越えることはできない。もっとも犯罪に無縁に見える人がもっとも凶悪な秘密をかかえていることさえあるのだ。生まれてからの三十五年のうち十五年間を保安官として過ごしてきたマックは、非情になる経験をじゅうぶんに積んでいた。「必ずしも、そうとは限らないよ。犯罪者だけが指紋をとられるわけではないからね。自動指紋識別装置というのがある。軍隊や法執行機関に所属している人も特定する自動装置だ。もし君が酒類販売の許可を申請していたり、武器を不法に所持して逮捕されたりしたことがあれば、君の指紋は記録にあるはずだ。その装置は身元確認を目的として作られているんだよ」

「でもたいていは、犯罪者を特定するために使われているのよね。そうでしょう?」

「ああ、そのとおりだ。問題があれば――」

ジェーンは頭をすばやく振った。「いいえ、違うわ。必要なことはなんでもするわ。問題ないわよ」

「よし、以上が僕たちが次にする段取りだ。しばらく時間がかかるかもしれないが、望みを捨てるなよ。いいね?」

ジェーンはうなずいて、マックにつかの間、笑顔を見せた。「わかったわ」

マックは立ちあがり、普段着に着替えようと廊下に向かう途中で、ガンベルトをつかんだ。犯罪者にわかりやすい、人目につく場所よりも、夜は自分の部屋に銃を保管しておくのが彼の習慣だ。「ああ、あともう一つ」マックはもう一度、振り返って言った。ジェーンは立ちあがり、彼のほうに顔を向け、ブロンドの眉を上げた。

「君はその、体になにか普通とは違う、もしくは特定できるような跡がないかな？　入れ墨《タトゥー》とかボディピアスとか、なにかそんなたぐいのものは？」

ジェーンは首を振った。「そういうものはなにもないわ。でも、私、あの……生まれつきの痣《あざ》があるの」彼女の顔はぱっと赤らんだ。

勇気づけられて、マックは尋ねた。「どこに？」

ジェーンは唇を噛《か》み、横を向いて、ヒップのすぐ上を指さした。リジーのローライズのジーンズが問題の場所をおおっている。「それをどう説明すればいいのか、よくわからないの。自分では見にくいから」

マックはそもそもそんな質問をした自分をののしりながら、ごくりと唾《つば》をのみこんだ。いつも職務に忠実な保安官……。彼はジェーンの非の打ちどころのないヒップを見つめて、立ちつくした。

「重要なんでしょう？」ジェーンは問いかけた。「あなたが、つまり、見てもらっても……」

マックは鮮やかなラベンダーブルーの、真剣な目をじっと見つめて、頭を振りながらうしろに下がった。「僕は手ごわい相手と争ったことはあるが、ジェーン、すまない。そこまでの勇気は持ち合わせていない」あるいは愚かではない、と付け加えたかった。

マックは足早に部屋を出ていった。体はこわばり、熱くなっていたが、さらに悪いことに、ジェーンがそっと、くすくす笑っているのが聞こえて、耳が燃えるように熱かった。

3

「私が身につけていたものをかき集めてきたわ。見たければどうぞ」ジェーンは洗濯したての服をかかえ、スクリーンドアのそばに立って、マックの返事を待っている。

マックは白い木製のローンチェアにゆったりと座り、裏庭を眺めていた。裏庭は、刈りこまれた低木やリジーご自慢の色とりどりの春の花でいっぱいだ。リジーは先ほど、ジェーンを連れて敷地をさっとひとまわりした。

リジーは親切にもジェーンの服を全部洗濯し、乾かしてくれたが、もちろんカシミヤのセーターだけは洗わなかった。いずれにせよ、セーターはジェーンが転倒したときに、少し引き裂け、赤い汚れがついている。

夕食後、マックはジェーンに彼女の持ち物を、ほんのわずかであるにせよ、見せてくれるように頼んでいた。

「ここに持ってきてくれないか」マックは返事をした。「気持ちのいい夜だ。コーヒーをいれたよ」

ジェーンは家の外に出て、スクリーンドアをうしろ手に閉めた。マックのそばにある白い柳細工のテーブルにコーヒーの入ったマグカップが二つ、置かれている。マックはほっと一息つく時間に、私を誘ってくれたのね。ジェーンは幾分感動を覚え、もう一つの椅子に腰を下ろした。

「僕のいれたコーヒーは折り紙つきでね。そこそこの味が出せるんだ」

「それはすごいわ」ジェーンは服を膝の上に置きながら、ささやくように言った。

マックはシャワーを浴びて、さっぱりしている。先ほど彼が夕食を食べにキッチンに入ってきたとき、色あせたジーンズと黒のポロシャツというカジュアルな普段着に着替えた姿に、ジェーンは不意を突かれた。制服を脱ぎ、威圧感は薄れていたが、日焼けし、筋骨たくましいマックが魅力的であることに変わりなかった。

マックはどうすれば警戒を解いてくれるのかしら。彼が顔をほころばすところをジェーンはまだ見たことがなかった。

「私のためにあれこれしてもらって、もう一度お礼を言わなければ」

「それは僕の――」

「仕事だからとは言わないで、リッグズ保安官」ジェーンはマックに向かって指を振って、さえぎった。「私を泊めることは職務の範囲を超えているわ。すてきなお宅だし、妹さんもこれ以上ないほど親切で、あなた方二人は私を温かく迎えてくれた。こんな状況だけれど、とても運がよかったと思うわ。いつかきっとお二人になにかお返しをしたいと思っているのよ」

マックはジェーンに目をやり、黒い眉を上げると、唇をゆがめ、頭を振った。「君の痣《あざ》を見せてくれるなんて、また言いださないでくれよ。それで貸し借りなしだからとか言ってね」

唖然《あぜん》として、ジェーンは息をのんだが、どうにか口を開いた。「痣ですって？　私はそれが役に立つだろうと思ったから」彼女は椅子から飛びあがりそうになりながら、声を張りあげて言った。「自分の身元をなんとしてでも見つけ出したいと思わなければ、そんなことぜったいに申し出なかったわよ。まったくばかな人ね」ジェーンはなんとか癇癪《かんしやく》をこらえたが、マックの腕をぴしゃりとたたいてしまった。彼は研ぎ澄まされた本能が自然に働いたに違いなく、ぱっと体を引いた。

それからマックは腹の底から低い笑い声をあげた。彼の顔は驚くほどの変化を見せ、一瞬、ジェーンは怒りもすべて忘れ、彼を見つめた。胸が高鳴っている。なんて魅力的で、セクシーな人かしら。ジェーンは苦々しく思った。

「勘違いしないでくれ、ジェーン。この五年間で、君の申し出ほど最高の話を持ちかけられたことがないんでね」

ジェーンは椅子の背にもたれ、マックを見つめながら頭を振った。「たった五年?」皮肉をこめて応じながらも、彼女は保安官の顔の変化になおも畏敬《いけい》の念を覚えていた。そして彼がずっと独身でいたという事実にも驚きを感じていた。

マックはジェーンが外に持ってきた服を、彼女の膝から手にとった。「ビールに、バブルバスに、怒りっぽい。少なくとも、僕たちは君について、いくらかわかりつつあるということだ、ジェーン」

ジェーンはすばやく反論した。「それに善良な保安官は人間ではないと私が思いはじめたこともね」

笑みは消え、マックは暗い、さぐるような目でジェーンを突き刺すように見ると、低くセクシーな声で言った。彼女の耳にだけ届くほどのささやき声だ。

「いや、違うね。僕は人間味あふれているよ。君の痣は、今夜、僕の夢に出てくるだろうな」

マックはジェーンの目をじっと見つめつづけていたが、彼の熱い視線と思わせぶりな言葉はどろどろにとけた熱い溶岩のように彼女の体の中を流れていった。

「まあ」ジェーンは二人の間でぱちぱちと上がっている火花に気づいて、静かに言った。だが、二人とも同時に正気に戻ったようだった。それぞれ椅子にもたれ、マックはジェーンの服を調べはじめた。

「リジーの話だと、君の服は高級品だそうだ」マックはふたたび仕事人間に戻り、ジェーンのジーンズのラベルをしげしげと見ている。

「そうらしいわね」

マックはジーンズの生地に手をすべらせ、ウエストバンドの内側を見た。

「サイズ五」

ジェーンは目をくるりとまわした。この男性は、女性の服のサイズを口にしてはいけないという礼儀を知らないのかしら。彼に辛辣《しんらつ》なことを言ってしまったあとなので、ジェーンはあえて注意しないことにした。

「リーバイスで申し分ないのに、どうして女性はグッチやゲスやラルフ・ローレンに大金を費やすんだろう？」マックはジェーンのジーンズにちらりと目をやって、うなずいた。

「たぶん、女性は〝申し分ない〟よりもよく見せたいからじゃないかしら」

マックは不満そうな声を出した。

その後、彼はジェーンの腕時計を持ちあげ、顔に近づけて、ダイヤモンドを調べた。「ここになかなか大きなサイズのダイヤモンドが入っている」マックは腕時計を引っくり返した。「刻印はないな」ジーンズと腕時計をテーブルの上に置き、セーターを調べはじめた。「六月の中旬に、どうしてセーターを、それもほかでもないカシミヤを着ていたんだろう？」

ジェーンは肩をすくめた。失望が広がっていく。彼女の所有物の中のなに一つとして、身元の手がかりにつながりそうなものがない。「わからないわ。でも、長い間ずっとその服を着ていた気がするの」

「というと？」

「その服を着たまま寝たのかもしれないし、あるいは長時間、その服で旅してきたのかもしれないわ。確信は持てないけれど」

マックは息を吸いこんだ。「おそらく。君は遠くから来た可能性があるということだな。夜の間に旅をしたなら、暖かい服も必要だろう。それでセーターの説明がつく。それに、君が六月のコロラドについて、あまり知らないという事実もね。一年のこの時期、日中、ここはうだるような暑さになるんだぞ」

「あまり進展のあることではなさそうね」

マックは裏庭を見つめ、思いをめぐらしながら、コーヒーをすすった。「ちょっとしたことではあるよ。少なくともね」そしてジェーンのほうに視線を向けた。「どのくらい重要かはともかくとして、君はこのあたりの出身ではないと思うね」

「どうして?」

「ただの直感だ」マックはジェーンの幅広の黒いスエードのベルトを持ちあげ、しげしげと見つめた。

「これはウエスタンベルトではない。どんなベルト通しにも入りそうにないし、実際、かなり高価そうだ」

ジェーンは答えることができなかった。どのピースも合いそうにないパズルを組み合わせようとしているかのように、途方に暮れていた。

彼女はマックのいれたコーヒーを初めて一口飲んだ。「悪くないわ、リッグズ保安官」

「お世辞が入っているんじゃないか?」

「嘘《うそ》はつかないわよ。おいしいコーヒーね」

マックはうなずいて、自分のコーヒーをすすった。

「ありがとう」彼はベルトをほかの服のわきに置き、立ちあがった。「明日の朝、君を保安官事務所に連れていって、君の件の捜査を始めるよ」

ジェーンは立ちあがり、自分の服をとって胸に抱きしめた。今のところ、彼女が持っているのは世界中でただこれだけだ。「わかったわ」

「じゃあ、おやすみ」マックは頭をかしげ、軽くうなずいて別れを告げた。

だが、ジェーンはマックをそのまま行かせることはできなかった。行ってしまう前にあやまらなければいけない。節度を欠いたことをして、私のためにあれだけのことをしてくれたマックに失礼だった。

「待って。その……さっきひどいふるまいをしたことをあやまってからでないと、おやすみなさいは言えないわ」

マックは白い歯をぱっと見せ、口元を大きくほころばせた。「あやまるだなんて、そんなことしなくていいよ、ジェーン。久しぶりに気持ちよく笑えたんだからね」

「ほんとう？」ジェーンはとまどって尋ねた。「なにがそんなにおかしかったの？」

「君だよ。僕が九歳のときから、僕のことをばか呼ばわりする勇気のあるやつは誰一人としていなかったからね。そのとき、僕をばかと呼んだ子の鼻を血だらけにして、校長室に呼ばれたのさ」

「まあ」ジェーンは自分の辛辣な言葉が実際にマックを侮辱したことに気づいた。「それを聞いて、ほんとうに悪かったと思うわ」

マックはジェーンの手をつかみ、ぎゅっと握り締めて、なにか言おうとしたが、ちょうどそのとき、車のとまる音が聞こえた。「リジーだな」マックはジェーンの手を放し、うしろに下がった。そして一分もしないうちに、リジーが二人の注目を一身に集めた。

「サイズは見当をつけたのよ」リジーはジェーンのために買ってきたランジェリーを見せながら言った。彼女はほかにも、ヘアブラシ、櫛《くし》、歯ブラシ、それにローション、シャンプー、リップグロスやほかのメークアップに必要な品が入った小さなトラベルキットも買ってきていた。「自分専用のものが必要だと思って。特に今夜、寝るときに着るものが必要でしょう」

ジェーンはリジーがキッチンテーブルの上に並べたものに目をやりながら、咳《せき》ばらいをした。マックはカウンターに寄りかかって見つめている。あまりにもたくさんの感情が渦巻いていて、それらすべてに名前をつけることはむずかしい。一つはもちろん、感謝だが、当惑や、同時に自分ではなにもできないもどかしさもある。「なんと言っていいのか、わからないわ。今すぐにはお支払いもできないし」

「いいのよ、ジェーン。貸したってことにしましょう。それにね」リジーはジェーンの頭ごしに兄にウインクした。「全部、兄のクレジットカードで買ったのよ」

ジェーンはくるっと頭をまわして、マックが肩をすくめているのを目にした。

リジーはジェーンの手をとって、やさしく握った。

「かまわないのよ。兄は大金持ちのドナルド・トランプよりお金を稼いでいるから。唯一の違いは、兄は持っているものをひけらかさないということだわ。このぐらいの買い物をする余裕はあるのよ」

ジェーンはかわいいピンクの寝巻きにおそろいの薄手の部屋着、それに四枚のパンティに視線を向けた。パンティはそれぞれ違っていて、コットン百パーセントのものからレースの赤いTバックのようなものまでそろっている。

「あなたの好みがわからなかったから」リジーは説明するように言った。

「まあ、リジー。なんて思いやりがあって、気前がいいんでしょう。どれも申し分ないわ。ありがとう」ジェーンはそう言ってから、また向き直ってマックと目を合わせた。「それに、あなたにはお金を返す方法を見つけるわ」

マックは首を振った。「今はそんなことは心配しないでいいよ」

「できる限り早くあなたを買い物に連れていくつもりよ」リジーが言った。「私のお下がりを着るのでは、たりないでしょうから」

「私はかまわないわ」ジェーンは圧倒される思いで言った。二人の親切や気前のよさに対して、礼をする手段がまったくない。リジーの服はややきつめだとはいえ、ぴったり合っている。「それに、買い物に行って、お金を使う前に、記憶が戻ることを祈っているわ」

リジーは温かな笑みを浮かべた。「私もそう願っているのよ、ジェーン。でも、念のため、近いうちに買い物に行く日を作りましょう。今は期末試験で身動きがとれないけれど、週末には学校も終わるから、そのあとなら暇な時間ができるわ」

ジェーンは心の底からそんな事態にならないように願った。すぐに記憶を取り戻したい。だが、リジーは買い物を計画したがっているようだ。それに、ジェーンはリジーの熱意に水を差すようなまねはぜったいにしたくなかった。「わかったわ。その日を楽しみにしているわね」

リジーはにっこりした。「よかった」

「ありがとう、リジー。そろそろこれを持って寝ることにするわ。朝早く起きなければいけないの。指紋をとるために、マックが保安官事務所に連れていってくれるのよ」彼女はマックのほうを向いた。「目覚ましをかけたほうがいいかしら?」

マックは前に進み出た。視線は積み重ねられたランジェリーのいちばん上にのっている赤いTバックに向けられている。「時間になったら、君の部屋のドアをノックするよ。そんなに早起きする必要はないからね」彼はようやく視線を上げて、ジェーンと目を合わせた。彼の瞳のまぎれもないきらめきを目にして、ジェーンは好ましくない胸のうずきを覚えながらベッドに向かった。

「さあ、起きろ、ミス・ドゥ」マックはジェーンの部屋の外から声をかけた。ノックの音に、ぐっすり眠っていたジェーンは目を覚ました。ゆっくりと目を開き、横になったまま、この二十四時間の出来事を実感する。初めてのベッドで寝たわりには、奇妙なことに、あっという間に眠りに落ち、そして夢を見た。

過去のなにか、身元に関する手がかりを与えてくれるようななにかについての夢を見たいと願っていたが、まるで違っていた。

ジェーンは枕《まくら》を抱きしめながら天井を見あげた。「リッグズ保安官の夢を見たわ」彼女は信じられないというようにささやいた。夢が鮮やかによみがえってくる。あの渓谷の道で、泥にまみれて横たわっている彼女をマックが見つけたようすが、ほぼ完璧《かんぺき》な形で再現されている。マックの腕に抱かれ、安全な場所に運ばれていく夢を見ていたが、そこで夢はぼやけてしまった。

ジェーンは温かさに包まれて目覚めた。

「ジェーン、聞こえたかい?」

「あっ、ええ」彼女は昨夜の夢の中での聞き覚えのある低い声に気づいて、返事をした。「起きているわよ。二、三分で着替えるわ」

「ゆっくりでいいよ。キッチンにコーヒーができている」マックはドアごしに声をかけた。「朝食は自由にとってくれ。リジーは朝早く、学校に大急ぎで出かけた。僕はガレージにいるから」

「わかったわ」ジェーンはそう言ってから、そっと付け加えた。「ありがとう」

リジーはドレッサーにタンクトップとブラウスを数枚ずつ、入れておいてくれた。レースの飾りのついた黒いブラウスのほうが、ホットピンクやライムグリーンのタンクトップより、保安官事務所にはふさわしいだろう。そう決めて、ジェーンは寝巻きを脱ぎ、リジーから借りた服に着替えた。今日は自分のブーツをはいていくことにしよう。リジーが貸してくれたテニスシューズよりもはき心地がいいから。

ジェーンは手早く髪にブラシをかけ、リップグロスを塗って、まつげにさっとマスカラをつけた。そしてベッドを整え、部屋を片づけると、キッチンに向かった。

ジェーンはキッチンに入って、急に立ちどまった。テーブルには一人分の食器が用意され、ナプキンとランチョンマットまで置かれている。背の高いガラスの花瓶には、刺《とげ》を取り去った赤い薔薇《ばら》が一輪、さしてある。卵、ベーコン、オートミール、それにスコーンがボウルに入れて並べられていた。ジェーンは頭を振った。とても全部食べきれない。

コーヒーの芳醇《ほうじゅん》な香りがキッチンに満ちている。ジェーンはコーヒーをカップにつぎ、腰を下ろして、また圧倒されるような気分になった。オートミールをボウルに半分入れてさっと食べ、残りの食べ物はすべてホイルをかけて、冷蔵庫にしまった。

マックの思いやりにあふれた気持ちの表れである薔薇の甘い香りを一瞬、楽しんでから、ジェーンはコーヒーを別のカップについだ。そして二つのマグカップを手に持ち、裏口からガレージへとまっすぐに向かった。

間違いに気づき、彼女が突然、足をとめたので、マグカップからコーヒーがこぼれた。「あっ、ごめんなさい。じゃまをするつもりはなかったのよ」

ジェーンはガレージの床についたコーヒーの染みに目をやり、マックをさがしに出てきた自分の愚かさをののしった。

「やあ、ジェーン、おはよう。じゃまになんかなっていないよ。ほとんどもうすんだところだからね」

ジェーンはマックに薄笑いを向けた。彼を見つめないようにしているのだが、決して容易ではない。グレーのスウェットパンツをはいているだけで、上半身にはなにもつけていないマックがバーベルを持ちあげている姿に目が行ってしまう。玉のような汗が裸の胸をおおい、肌はガレージに差しこむ朝の光の中で輝いていた。バーベルを持ちあげるトレーニングを繰り返したせいで、彼の腕の筋肉は盛りあがっている。

胸を高鳴らせながら、ジェーンはマグカップを作業台の上に置いた。そうしないと、落としてしまいそうだ。筋肉が盛りあがったマックほど、身体的にセクシーな男性をジェーンは見たことがなかった。

彼の黄褐色とチョコレートブラウン色の保安官の制服の下にはこんなものがあったのだ。

ジェーンは口がからからになったが、無関心なそぶりを見せ、気持ちを集中させようとしながら、コーヒーを口に含んだ。ここには理由があってきたのだ。

マックはトレーニングを終えて、ベンチに腰を下ろし、額から汗をぬぐっている。ジェーンは彼が小さな白いタオルでおなかのあたりをふくのを眺めていた。「朝食のお礼を言いに来たの」彼女は早口で言った。「オートミールを食べたわ。私は朝食をあまり食べないたちのようね」

マックはゆっくりと時間をかけてジェーンの体をたっぷりと眺めた。彼女は首まで熱くなり、体にぴったりしたリジーの服を着ていることを突然きまり悪く感じた。

「そうなんだ。知らなかったな」

「これでわかったわね」

「そのとおり」マックの視線はジェーンの胸から目へと向けられた。

「コーヒーはいらなかったようね」ジェーンは彼にマグカップを見せながら、ぎこちなく言った。

マックは水の入った大きなボトルを口元に持っていき、ごくりと飲んだ。「そうだな。でも、心づかいをありがとう」

「心づかいといえば、あの赤い薔薇、とても気にいったわ。庭からとってきたの？」

マックはまた水を一口飲んでから答えた。「リジーのしたことさ。僕が料理を作り、妹が食卓を整える。彼女は花が大好きなんだ」

「そうなの」ジェーンは勝手に思いこんだ自分を心の中で蹴《け》飛ばしながら、返事をした。当然のことだが、マックは涙もろいタイプでもロマンチックなタイプでもない。その彼がどうして私のためにテーブルに薔薇を飾ったりするの？　私は泊まり客であって、彼の恋人ではないのよ。「リジーにお礼を言わないといけないわね。それで、これはあなたの趣味なの？」

マックはガレージの中を見まわし、トレーニングマシンに目をやった。バーベルからウエイトトレーニング用マシン、それにマットやベンチまであって、ここには普通のジムの半分の機能が備わっているとジェーンは思った。

「僕の仕事さ」そう答えたマックと目が合い、ジェーンはくすくす笑った。

マックが顔をほころばせるのを見て、ジェーンは二人だけに通じる冗談だったことに気づいた。

「いいかい、僕は仕事のために、体を健康に保たなければいけないんだ。家で自分の都合に合わせてやるほうがやりやすいからね。楽しんでやっているよ。ほとんど毎朝、仕事の前に三十分間、トレーニングをして、仕事が休みのときには一、二時間はしているかな」

ジェーンはもう一度、ガレージを見まわした。

「家庭のジムとしては、すごい設備ね」そしてあなたもよ。

マックはうなずいた。「ありがとう。そうしろというわけではないが、いつでも好きなときにマシンを使ってくれ。体がいい状態にあることはいかなるときも大切だからね」

「あなたはいい体をしているわ」ジェーンはうっかり口をすべらせたが、口をつぐみ、すぐに付け加えた。「声をかけてくれてありがとう。ときどき使わせてもらうかもしれないわ。それで、何時ごろなら、支度ができる？」

「十分待ってくれ。さっとシャワーを浴びるから。そのあと出かけよう」

「わかったわ。それでいいわよ。あとでまた」

ジェーンはマック・リッグズがガレージでトレーニングをしているときは、彼のあとを追うまいと頭に刻みこんだ。

危険すぎる。

4

六人の保安官代理がジェーンと近づきになろうとして、彼女のまわりに群がっている。「下がれ」マックは命じた。「ご婦人に息をつく場所をさしあげろ」

部下たちは少しも動かず、おたがいにぶつかりながら、手を差し出して握手したり、ジェーンとちょっとしたおしゃべりを交わしたりしている。マリオン・シーバーはもっともそっけない保安官代理で通っているが、マックが好感を持っている同僚だ。そのマリオンがマックをわきに引っ張った。退職まで六カ月となった彼女はいつも自分の意見を持っている。

「彼女は美人だこと」マリオンは話しかけた。「それに、このあたりでは大事件だわ。今週はこれといった出来事もないから、記憶を失った謎《なぞ》の女性のおかげで活気づくことは間違いなしね。男の子たちに彼女と話をさせておやりなさいよ。彼女はきっと新しい友達が欲しいでしょうからね」

「友達だって?」マックはジェーンを守りたいという気持ちを振りはらおうとしながら、部下たちをにらみつけた。ジェーンは職務上責任を感じる女性であって、それ以上の存在ではない。だが、部下たちが彼女を地元の祭りで勝ち取る賞品であるかのようにぽかんとして見つめているのを目にすると、気持ちが波立つ。「あいつらの頭に友達になりたいという思いがあるとは思えないな」

「あなたはどうなの、マック? あなたの頭にあるのはなにかしら?」

「彼女は事件の当事者にすぎないよ、マリオン」

「彼女を泊めているんでしょう」マリオンは白いものがまじる眉を上げた。「あなたの家にいるのよね」

「僕とリジーの家さ。それに忘れないでくれ。僕が発見したとき、彼女は記憶を失い、金も持たず、身元がわからなかった。彼女は収容施設に入るようなタイプの女性ではないしね。自分の状況について、ひどくショックを受けていたんだ」

マリオンは頭をかいて、マックに視線を向けた。マックは彼女の顔に浮かんでいる独特の表情がいつも大嫌いだった。そのあとにはたいてい、お説教や聞きたくない意見が続く。「彼女って美人よね」

マックは腕を組み、闘いの用意をした。「さっきも同じことを言ったよ」

「彼女が好きなんでしょう」

「僕は彼女のことを知らない。彼女だって自分のことを知らないんだ。ジェーンは記憶喪失になっているのを忘れるなよ。彼女は今、自分自身について学んでいるところなのさ」

「マック、そろそろまた女性と付き合ってもいいころよ。相手はあなたのジェーン・ドゥではないのなら、別の誰かでも」マリオンはマックに指を振ってみせた。「あなたは独身でいるにはもったいない男性だわ」

マックは目をくるりとまわした。「二度とごめんだね」

「あなたは苦い経験をしたけれど、何年も前のことだわ」

「シーバー保安官代理、その話はやめてくれ」

「上役風を吹かせて、命令を押しつけないでちょうだい、マック。私はあなたを追いつめますからね」

「それもいいさ。退職する前に僕が縛りつけられるのを見届けるのが君の使命だからな」

「それに、リジーに自分自身の人生を送らせることもよ」


マックは目を見開いた。「僕はリジーがなにをしようとじゃまなどしていないさ。彼女は立派な大人だ。したいことはなんでもできる」

マリオンは頭を振り、一瞬、目を閉じた。「もしそんなことを信じているのなら、あなたは手がかりをすべて見逃しているわね。警察の仕事に携わる者にとって、それはまさにほんとうの犯罪だわ」

マックは怒ったように大股で歩み去り、ジェーンのほうに向かうと、部下たちを引き離し、彼女の腕をとった。「用意はいいかい？　指紋をとるよ」彼は部下たちに目をやった。「するべき仕事はないのか？」

ジェーンはマックの部下たちにほほえみかけた。

「皆さんにお会いできて、楽しかったわ」

部下たちがのろのろと背中を見せて、デスクに向かうのを見て、マックはいらだちの声をもらした。

「ウインチェスターの住人は一人残らず、こんなに親切なの？」ジェーンの問いかけに、マックは彼女がどんなに自分が魅力的であるのかをまったくわかっていないことに気づいた。

「僕なら、あれをおせっかいと呼ぶな。一人残らずいいやつではあるが、ここウインチェスターに君が現れたことで、大騒ぎになっているんだよ」

「ほんとうに？　どうして？」

マックは肩をすくめると、ジェーンの背中に手をあてて、指紋をとるために廊下を案内していった。運よくその日のうちにデータが一致すれば、ジェーンはこの町を去り、マックが経験している落ち着かない気持ちも消え去るに違いない。

「小さな地域社会だからね。とるにたらない盗みや地元の紛争はあるが、記憶喪失の患者が僕たちのところに現れるなんて初めてなんだ。君は謎の人物と言っていいくらいだよ」

「そうでなければよかったと思っているわ」

「自動指紋識別装置が幸運をもたらすかもしれない。いいニュースを期待しよう」

「でも、もしうまくいかなかったら？　私の指紋がそこになかったら？」

マックはジェーンの声にかすかな絶望を聞き取って、ためらいがちに答えた。「心配いらないよ、ジェーン。ほかにも手だてはある。そのための手順だってあるしね。次は地元のマスコミに行くことになるだろう。だから、痣《あざ》やなにかがあるかどうか、尋ねたんだよ。君の、その、体に」

「私がテレビに出るということ？」

「そういうわけではない。君の写真と君についてわかっていることを新聞社やテレビ局に公表するのさ。それと同時に、地元のラジオ局で君の身体的特徴や発見されたときのくわしい状況をスポット放送してもらうんだ。君の身元を知る助けになることなら、誰に対しても、なんであろうと明らかにするつもりなりたくないけれど、それで、もしなに一つうまくいかなかったら？」

マックはじっと見つめているジェーンを見すえて、彼女を安心させるように言った。「これがすべて徒労に終わっても、ほかにもするべきことは残っているよ」

「たとえば？」

「DNAのサンプルや催眠療法とか……。だが、早まったことをするのはよそう。それについてはあとで君に説明するよ」〝指紋〟と書かれた標示のある窓まで来ると、マックは足をとめた。「さあ、着いた。マージーが君に手順を教えるから。僕はオフィスにいるよ。終わったら知らせてくれ」

ジェーンはうなずいた。マックは彼女を残し、オフィスに向かった。ジェーンのことは気がかりだが、マリオンの言葉から、リジーにかかわる心配の種が頭に植えつけられた。

だよ」

「それはいつするの？」

「用意が整いしだい、できる限り早く」

「私はなにをしたらいいと思う？」ジェーンは大きなラベンダーブルーの目でマックを見あげて尋ねた。彼女がマックを信頼しているのは明らかだ。彼はその信頼を悪用したくなかった。

マックはまたジェーンの背中に手をあてて、ゆっくりと歩きはじめた。「頑張れということかな。僕たちが動けば動くほど、早く結果を得ることができる。マスコミについて、ためらっていたのは、そういう形で人目にさらされることを不快に感じる人もいるからなんだ。ちょっと待って、君がなにかを思い出すのを期待することもできる。あるいは、まっすぐに突き進むこともできる」

ジェーンは一心に耳を傾けていたが、やがてうなずいた。「ためらわずに進みましょう。悲観的にはその日、マックはそのことしか考えられなかった。

「思っていたよりも早く帰っていたのね」リジーはそう言いながら、玄関のテーブルの上にレポートの束を置き、居間のソファに近づいてきた。ジェーンは午後の大半を読書をして過ごしていた。

「おかえりなさい、リジー。あなただって予想していたよりも早い帰りじゃない。今日の期末試験は全部終わったの？」ジェーンは本を置いた。

「ええ。教室でレポートを読むよりも、家に持ち帰ったほうがいいと思ったのよ。そうすれば、足を上げて、ゆったりできるでしょう。生徒たちにも甘い点数をつけてあげられるわ」リジーはにっこりした。

「どちらにしても、あなたはきっと生徒たちに寛大だと思うわ。なんの教科を教えているの？」

リジーはソファのジェーンの隣に腰を下ろして、ため息をついた。「なんの教科を教えていないかでしょう？　家庭科に美術から、ジャーナリズムや英語まで、なんでも教えてきたわ。今は高校一年生に英語と歴史を教えているの」

「まあ、それはすごいのね。好きな科目はある？」

「そうね。アメリカ史が好きだわ。でも、この国の遺産について学生たちの興味をかきたてるのはむずかしいわよ」

ジェーンは自分の学生時代の記憶がなかったので、返す言葉がなかった。自分の好きな科目も、学生のとき、アメリカ史を楽しく勉強したかどうかもわからない。

「今日は一日、どうだった？」リジーはくつろいだようすでサンダルを蹴《け》って脱ぎ捨て、ソファの上に脚を上げて座った。

「うまくいったわ。あなたのお兄さんは私のためにできる限りのことをしてくれているのよ。午前中に指紋をとってもらって、そのあと、マックは行方不明者の報告書を見せてくれたわ。それに今日、これ以上ないほど親切な保安官代理の方々に会ったわ。全員、とても好意的で、そのうちの一人があなたのことを尋ねていたわね。ライル・ブロディといったかしら？」

リジーの茶色の目が驚きでまるくなり、彼女はかすれたような声で尋ねた。「ライルが私のことを尋ねたですって？」

その瞬間、リジーのようすは一変してしまったかのようだった。顔をクリスマスツリーのようにぱっと輝かせ、きちんと座り直すと身を乗り出し、一言も聞きもらすまいとしている。彼女の表情や態度が語っていることは間違いようがない。リジーはライル・ブロディに夢中なのだ。

「たしかにきかれたわ。よろしく伝えてほしいと頼まれたの。近いうちにまたぜひ事務所に寄ってくださいと言っていたわね」

リジーの顔に夢見るような表情が浮かんだ。「彼がそんなことを口にしたはずないわ」

ジェーンはにっこりした。「ほんとうに言ったのよ。あなたの家に泊まっているなんて、私は運がいいとも言っていたわ。なぜなら、あなたはウインチェスターでいちばんの料理上手だからですって。彼に料理をしてあげたことがあるの？」

リジーは顔を輝かせたが、それを必死に隠そうとした。「まあ、そうね。でも、個人的にではないのよ。つまり、マックが保安官事務所で始めたことで、毎月最後の金曜日に持ち寄りの食事会をしているの。事務所は独身男性ばかりでしょう。だから、月に一回、彼らにまともな食事をさせようとマックは考えたのよ。そこで私たちも協力して、昼食と夕食にじゅうぶんな料理を作ってあげているの」

「それはいいことだわ。それでライルはあなたの料理を特に気にいったというわけなのね？」

リジーは控えめに肩をすくめた。「たぶんね」

リジーはきっと二十代後半に違いない。かわいくて、親切で、性格もとてもいい。結婚していない理由、あるいはデートすらしていない理由がなにかあるはずだ。ジェーンはその理由がマックと関係あるような気がした。リジーは自分は兄に必要とされていると言っていたのだ。「だったら、もし彼があなたの料理をそんなに気にいったのなら、どうして彼に作ってあげないの……個人的に?」ジェーンはしつこく迫った。

リジーはうなずいた。「私もそれを考えたわ。何百回もね。でも……」

「でも?」

「込み入っているのよ」

「それなら、簡単にすればいいわ」

「マックがまた身を固めてくれさえすればね」リジーはぼそっと言った。

「マックは大きな子供なのよ、リジー」ジェーンはやさしく言った。自分の踏みこむべき領域を超えたくはないけれど、新しい友達の力になりたい。

「わかっているわ。でも、兄は私の面倒を十五年も見てきたの。今になって見捨てることなんかできないわ。私にはできないの……兄を一人きりにするなんて」

「そのことについて、マックに話をしたことはある?」

リジーは首を振った。「いいえ。兄は過保護でしょう。ほら、兄貴シンドロームというのかしら。マックは私にはどんな人もふさわしくないと思っているのよ。それに関しては、石器時代の人間と変わりないわ」

「あなたが彼をゆさぶって、二十一世紀に連れてくるときなんじゃないかしら」

リジーはその言葉をじっくりと考えてから、ほほえんだ。顔はふたたび輝いている。彼女はジェーンの膝を軽くたたいて言った。「きっとそうなのね。ありがとう、ジェーン。あなたはいいことを思いついてくれたわ」

リジーはレポートの束をつかみ、満足そうにため息をついた。

「これから二時間ほど、部屋に引きこもったあと、外出するわ。今夜、夕食の集まりがあるの。家に帰るのは遅くなりそうだから、兄の分の食事を作ってもらえるかしら？」

「いいわよ」ジェーンはリジーが弾むような足取りで部屋を出ていくのを見守りながら答えた。「まったくかまわないわ」

マックはキッチンに入ると、小声でののしった。

「リジーはどこだ？」

「なんですって？」ジェーンはキッチンのカウンターに向かって料理をしていたが、当惑した表情で振り返った。「なにか言った？」

「なんでもない」マックは帽子とガンベルトを玄関わきのフックにかけながら答えた。答えはすでにわかっている。リジーの車が私道にないので、彼女は今夜も夕食時に家にいないのだろう。まただ。これで三日連続、マックが仕事から戻ってきたときに、彼女のいない夜が続いている。

妹がなにをたくらんでいるのか、マックにははっきりとわかっていた。リジーとマリオンはここ何年も、マックをせっついて、また女性と付き合わせようとしている。今夜もリジーは不在で、ジェーンに露出度のいちばん高い服を選んで着せているし、その服を着ているジェーンは雑誌の表紙を飾るモデルのように見える。そうしたことすべてがマックをいらいらさせていた。

そうさ。リジーがたくらんでいることくらい、お見通しだ。そして、それはみごとにはまっている。マックは炎に引き寄せられる蛾《が》のように、ジェーンに惹《ひ》きつけられていた。

明日、ジェーンの写真はテレビや新聞で大々的に報道されることだろう。地元のラジオ局からも彼女の人相や特徴が放送されることになっている。すぐにジェーン・ドゥはウインチェスター郡で知らない人のいない名前になるに違いない。

だが今、彼女はマックの家の住人であるかのようにキッチンに立ち、彼の夕食を作っている。

マックは神経を落ち着かせるために大きく息を吸いこんだ。ジェーンがその大きなため息に気づいたので、彼はすばやく口を開いた。「なにかいいにおいがしているね」

ジェーンはにっこりした。小麦粉が顔に斑点《はんてん》のようについているが、それさえも彼女の美しさを損ないはしない。着ている服もぴったり合っている。リーバイスのジーンズに、ノースリーブの白いボタンダウンのブラウスを着ているが、ブラウスは彼女には小さすぎ、ボタンがはじけそうだ。彼女の服をどうにかしなければいけないな。あんな、あられもない服を着なくても、ジェーンはじゅうぶんに人目を引くほどに美しい。そんな彼女がああいった服を着ていたら、こっちが興奮させられてしまう。マックはいやいやながらも認めた。

仕事中は体が反応しないよう必死にこらえたが、ジェーンがキッチンにいるのを目にし、おまけに二人きりだなんてとんでもない。僕だって人間だ。岩のように体がこわばっている。

「特別なメニューではないのよ。ポテトとチキンを焼くだけだわ。スコーンも試しに焼いてみたけれど、きっとリジーの料理のほうが気にいるでしょうね」

マックは短く刈りこんだ髪を手ですいた。「同じレストラン、別のシェフ。おいしい料理であることに変わりないよ、ジェーン。すぐに戻ってきて、食卓の用意を手伝うから」

そう言うと、マックは氷のように冷たいシャワーを浴びに行った。

三十分後、冷たいシャワーを浴びおえ、心の中で自分にきびしく言い聞かせてから、マックはふたたびキッチンに入っていった。彼はすっかり落ち着きを取り戻していた。

かわいい金髪の女性と恋愛関係にならずに、なんとかいっしょに暮らすことができそうだ。僕は多少、自制ということを知っている。

ジェーンの顔を一目見るまでは。

ガス台のほうを向いていたジェーンが振り返った。彼女の顔は紅潮し、目はうるみ、体は震えている。

煙感知器が激しく鳴りはじめた。

マックはチキンの鍋《なべ》に目をやった。今では得体の知れない黒焦げになったものを、かりかりになりすぎたポテトと、革のような噛《か》み心地のしそうな、こんがり焼けたスコーンが取り囲んでいる。家の中はフットボール大会のたき火のようなにおいがして、煙が立ちこめていた。

マックはその光景に顔をしかめた。

「ジェーン、いったいどうしたんだ？」

自分の名前を耳にしたとたん、ジェーンはわっと泣きだした。抑えきれないほど体を震わせて、泣き崩れた。声をあげないむせび泣きに、マックの心はよじれそうだった。

マックがキッチンの窓に手を伸ばし、すばやく開けると、煙は外に流れていった。彼はジェーンのほうを向いた。「たかが夕食じゃないか」ぶっきらぼうに言った。「ピザをとろう」

「言ったでしょう。リジーのほうが料理が得意だって。私は……その……ここで自分がなにをしているのか、わからないのよ」ジェーンは両腕を振り、泣きじゃくりながら、なんとか言った。

「わかった。それなら、たぶん、リジーのほうが料理が得意なんだろう。君は料理が好きではないのかもしれないな」

「たかが夕食なんかじゃないわ。あなたなんて、あなたなんて……」

「ばかかい？」

「あなたをばか呼ばわりはしないわ。一回で懲りたもの」

「だが、そう思っていただろう」

ジェーンは泣くのをやめて、ラベンダーブルーの目を大きく見開いて、マックをにらみつけた。

「なんだ？」マックはうなるように尋ねた。なにか悪いことをしただろうか？

ジェーンはキッチンタオルを彼に投げつけた。

彼女の負けん気に驚き、マックはタオルが顔にぶつかる前につかんだ。「なんなんだ、ジェーン。僕には君がわからないよ」

「私もよ」彼女は息を震わせて続けた。「私も私のことがわからないわ！　自分自身についてなに一つわからないのよ。まったく料理ができないことはわかったけれど。でも、ほかになにがわかっている？　なにもわかっていないじゃない。なに一つとしてね」

マックは青いあひると黄色いデイジーの柄のキッチンタオルをいじくりまわした。ジェーンはすぐにかっとするほかに、気骨と自尊心と聡明《そうめい》さを備えている。はっとするほどの美人であることはすでにわかっている。マックの頭の中は混乱していた。彼は自分がいらだっているのか、欲望をかきたてられているのか、わからなかった。

そのどちらにしても、だめだが。

「これはすべて、夕食が一回焦げたからというだけのことなのか？」マックはジェーンの感情の爆発の意味をなんとか理解しようとして尋ねた。

ジェーンは唇をすぼめて、首を振った。

「違うのか？　それなら、なんなんだ？」

ジェーンはだいなしになった料理を見つめるかのように頭を下げた。だが、マックは、彼女が実際にはなにも見ていないことがわかっていた。「あなたがシャワーを浴びている間に、ブロディ保安官代理から電話があったの。彼が言うには……その、私の指紋を照合したら、誰のとも一致しなかったそうよ。それをあなたに伝えるように言われたわ」

〝なんてことだ。ライルは直接、僕に伝えるべきだったのに〟

ジェーンががっくりと肩を落とし、希望のない顔を向けたとき、マックはそれ以上ほんの少しもためらうことはできなかった。彼は前に進み出てジェーンに手を伸ばし、腕の中に引き寄せると、彼女の頭を自分の胸に押しあてて、髪に顎をのせた。

「大丈夫だよ、ジェーン」マックは彼女の額に唇を軽く触れながら、ささやいた。「希望を捨てるな」

ジェーンはマックにしがみついた。たぶん、彼女はずっとこれを必要としてきたのかもしれないと彼は気づいた。彼女には抱きしめて、すべて大丈夫だと言ってくれる人が必要だったのだ。

「マック」ジェーンがそっとささやいた。

マックは視線を下げ、ジェーンと目を合わせたが、そのとき、彼女が求めているものは単なる慰めではないとわかった。彼はジェーンの頭を傾け、美しい顔に受諾と欲望が広がっていくのを見つめた。それから唇を彼女の唇に近づけ、ゆっくり、そっとキスを始めた。ここからどこへ二人が向かうのか、そのテストだ。ジェーンの唇からかすかな音がもれると、マックは彼女をさらに引き寄せ、顔を手で包みこんでから、その手をうしろにすべらせて、金色の巻き毛をすいた。

ジェーンは体をぴったりと押しつけて、マックの首に両腕をまわし、髪に指を差し入れた。ジェーンの唇はやわらかく、温かくて、マックはキスを深め、彼女が喜びのため息をもらすほど、唇をむさぼった。

マックはジェーンの唇を開き、キスをしたが、からみ合った二人の舌が最初は優雅なバレエを踊り、しだいに激しいタンゴを踊りはじめると、いつもの自制心をいくらか失っていった。唇と舌と体が触れ合い、からみ合い、とけ合う。二人のかきたてる炎で、額に汗が浮かび、胸は高鳴り、体はそれ以上のものを求めて、大声をあげる。

マックの頭にふとあることが浮かび、彼は体を引いて、キスをやめ、ジェーンの目の奥をのぞきこんだ。「君は結婚しているかもしれない」

ジェーンは首を振り、左手を上げ、指輪をしていない薬指を小刻みに動かした。「そうは思わないわ」

「婚約している可能性もある。君と結婚するのを待っている男性がいるかもしれないな」

ふたたび、ジェーンは首を振った。「誰もいないわ。どうしてわかるのかなんて、きかないで。ただ、わかるのよ」

マックはそこまでの確信が持てなかった。ジェーンほどの女性に誰もいないはずがない。

ジェーンはまだマックの首に両腕をまわしている。彼はもう一度、深く長く、じっくりとキスをして、二人の触れ合いをさらにもう一分楽しんでから、彼女の胸のふくらみに手を下げていった。

ジェーンは期待のこもった目をマックの目にしっかりと向けて、待っている。マックがはじけていたいちばん上のボタンに手を触れると、ジェーンは大きく息を吸いこんだ。ブラウスの生地がさらに引っ張られる。マックは自分の次の行動がどんな結果につながるかに気づき、ためらった。ジェーンのブラウスの中に手を入れ、肌を撫《な》でてみたくてたまらない。やわらかで豊かなふくらみに触れたい。

ゆっくりと、器用に、マックはブラウスのボタンをかけて、うしろに下がった。受け取れるところだった最高の贈り物をあきらめた衝撃で、彼は目をしばたたいた。咳《せき》ばらいをしながら、視線を上げ、ジェーンの当惑したラベンダーブルーの目をのぞきこんだ。「明日、買い物に行こう。君には自分の服が必要だ」

5

「さあ、着いたぞ」マックはウインチェスター・モールの駐車場に車を入れながら言った。「高級品はないけれど、気にいるものが見つかると思うよ」

ジェーンは黒いＳＵＶ車の運転席に座っているマックに視線を向けた。マックは彼にぴったりのブルージーンズと大きな茶色の文字でＷＣＳＤとロゴの入った白いタンクトップを着ている。ＷＣＳＤはウインチェスター郡保安官事務所の略だ。

マック・リッグズは根っからの仕事人間なのね。休みであろうとなかろうと、仕事がいちばんなんだわ。ジェーンは仕事に打ちこんでいるマックを尊敬していたが、彼にとって自分は職務上責任を感じる存在にすぎないのだとわかっていた。

だが、昨夜、マックにキスされたとき、ジェーンは自分がそれだけの存在である気はしなかった。あんなふうに彼の腕の中に倒れこみ、必死にキスをするとは思ってもいなかった。まして、記憶をすべて失って目を覚ましてからの四日間で、あの瞬間にもっともいきいきと感じられたのは思いがけないことだった。

キスはすばらしかったものの、そのせいで、それからは気まずい夜を過ごすはめになった。二人はピザを分け合って食べたが、おたがいを盗み見たり、目をそらしたり、会話は堅苦しく、ジェーンは早めにベッドに入った。

だが、彼女はベッドでマックの隣に体をまるめたいという思いを否定することができなかった。腕に抱きしめられて、慰めてもらい、もう一度いきいきとした気分を味わいたかった。

「これは職務の範囲を超えているわ、マック。休みの日に、よりにもよって、こんな場所には来たくないはずよ」

マックはジェーンの着ているライムグリーンのタンクトップにちらりと目をやった。「必要に駆られているのさ」彼は車からはずむように降りて、ドアをばたんと閉めると、ジェーンの側に足早にまわってきて、ドアを開けた。「僕の健康のために必要なんだよ、ジェーン」

マックは眉を上げ、ジェーンをまともに見すえた。ジェーンは視線を下げ、彼の目に映っている自分の姿を見た。服の中にぎゅうぎゅうに詰めこまれているような感じはたしかにしていたが、自分がマックの目にどう映っているかまでは気づかなかった。

「君はすばらしい体をしているよ」マックはショッピングモールの入り口に向かって歩きながら言った。「君を見るたびに、そのことを思い出させられるのはよくないと思ってね」

ジェーンは車から降りて、やはりドアをばたんと閉めると、走るようにしてマックに追いついた。彼の最後の言葉には猛烈に腹が立った。まるで私に選択の自由があるみたいだ！　私は着の身着のままなのに。リジーの服がぴったりと合わないのはしかたがない。文句を言ったりしたら、罰があたるわ。

「そんなこと、気にならないはずよ、保安官。あなたは自制心をじゅうぶんにお持ちだから」

マックはジェーンに視線を向けた。「そうは言いきれないよ」

「あなたをその気にさせるのに必要なのは、それだけかしら？」

マックは足をとめ、ジェーンを見つめた。「なんだって？」

ジェーンは真っ赤に顔を染め、息切れしそうになりながら、そっと答えた。「聞こえたと思うけれど」

「僕はその気になることはできないんだよ。それがわからないのか？　君は僕の保護のもと、僕の家で暮らしている。君がどう思っているかにかかわらず、君はほかの人々とつながりを持っているかもしれないんだ。君のことを愛している人々とね」

「ええ、わかるわ。ゆうべ、よくわかったわよ。あなたは自分の考えをはっきりさせたもの」

マックはいかめしい表情で、頭を振った。ジェーンは彼に欲求不満を起こさせる。そして彼女はその理由を理解しはじめたのだ。仕事一筋のマックは保安官の地位を危うくすることはできない。ジェーンにはそれがすっかりわかったのだ。

それに、彼女はマックには失うものばかりだということもわかっていた。もしジェーンに過去があったら？　彼女をさがしている家族がいたら？　彼女をさがしている男性がいるとしたら？　ジェーンは、今はここウインチェスターで暮らし、今の生活のごくささいなことにしか目が行かないが、マックは状況全体を見ることができる。

マックが尻込みするのを責めることはできない。ジェーンは彼の手をつかみ、そっと握った。「ごめんなさい。いろいろしてもらって、とても感謝しているわ」

「礼を言うことはなにもないさ、ジェーン」

「あるわよ。それに、今日はわざわざ買い物に連れてきてくれたじゃない。言い争うのはやめて、さっさと買い物をすませてしまいましょう。時間はとらないと約束するわ。苦しい思いを長引かせはしないとね」

マックは口の端を上げて、にやりとした。きれいな白い歯が輝く。彼の笑みは悩殺的だ。

「君は実際、たいした人物だよ、ジェーン・ドゥ」

ジェーンは首をかしげた。「あなたはほんとうに大金持ちなの？」

マックは笑った。「それほどでもないさ」

「心配しないで。あなたのお財布にはあまり負担をかけないから」

マックはジェーンの背中に手をあて、ウインチェスター・モールの中へと案内していった。「君が一時間のうちに僕の金を使いきってしまうほうに、一週間分の洗濯仕事を賭《か》けるよ」

「決まりね」

「あら、あなたはあの記憶喪失の女性じゃないこと？　今朝早く、あなたの写真をニュースで見たわ」若い女性店員はジェーンの顔をじろじろ見ながら大声で言った。「ディアリック渓谷の近くで発見されたのよね。自分が誰だか思い出せないって、どんな感じ？」

ジェーンは一瞬、たじろいだ表情を見せた。「そうね。ほかの誰にも経験させたくないと思うようなものかしら」

マックはレジカウンターに近づき、クレジットカードを差し出した。「ここで、全部すむかい？」

胸にピンでとめたピンク色の札によると、ルアンという名前のその店員はクレジットカードを受け取って、うなずいた。「まあ、あなたは彼女を発見した人でしょう。ニュースでは、もし彼女に見覚えがあれば、保安官事務所まで連絡するようにと言っていたけれど」

「ええ、そのとおりよ」ジェーンは表情と身ぶりで、マックにこの会話を打ち切りたいと伝えた。

「そうね、私には見覚えはないわね」またしてもルアンはジェーンの顔をしげしげと見つめた。「だめだわ。見覚えなしよ。あなたが前にこの店に来たことがあるのかどうかもわからないわ」

「ありがとう。そのことを覚えておくよ。これを急いでもらえないかな」マックはカードとジェーンがカウンターの上に置いた服を指さした。「午前中にしなければいけないことがたくさんあるのでね」

「はい、わかりました」ルアンは風船ガムを数回ふくらませながら、レジを打ちこみ、マックのサインをもらった。「きっと誰か、あなたに見覚えがある人がいるわよ」ルアンは光沢のある黒い袋に服を入れ、マックにクレジットカードを、ジェーンにはその袋を渡した。「はい、どうぞ」

「ありがとう」マックはカードとジェーンの手をつかみ、二人は急ぎ足でドアを出た。「この先、ああなると覚悟しておいたほうがいいな」

「私は金魚鉢の中にいる気味の悪い魚で、みんなが急にその魚を見たくてたまらなくなったような？」

マックはジェーンの手を一回ぎゅっと握ってから放した。「気味が悪いのとは違うよ、ジェーン。興味をそそられるんだ。君はここでは謎《なぞ》の女性だからね。それだけさ。二、三日、ニュースポットを放送して、誰も情報提供者が現れなければ、別の方法をとろう。君が有名なのも、しばらくの間だけさ」

「有名？　見せ物に近いわね」

マックは頭を振った。ジェーンに見せ物のようなところはなに一つない。

ジェーンには品があり、センスもいい。ウインチエスター・モールと大都市のショッピングセンターとは比べ物にならないが、これまでのところ、ジェーンは自分の個性にぴったりの、よく似合う服をうまく選んでいる。

「今度はどこに行くの？」ジェーンは尋ねた。

マックは彼女がはいている黒い革のブーツに視線を落とした。「さあ、こっちだ。君にちゃんとした靴を買ってあげなければいけないからね。夏はもうすぐそこまで来ているよ」

「感謝していないわけではないのだけれど、リジーの靴をはくと、足が痛いの。私には小さすぎるんだわ」

二人は〈シューサロン〉という婦人靴専門店に向かった。「きっと、そのブーツもリジーの靴と同じで、はき心地はよくないんだろう」

「実はこのブーツ、私の持っている靴の中でいちばんはきやすいのよ。イタリアの小さな町の品で、その靴屋さんは一カ月に二足しか作らないの。足型をとって、それに合わせて作ってくれるのよ」

マックは不意に足をとめた。「なんだって？」

ジェーンは歩きつづけた。「だから、その靴屋さんは二足しか……」

ジェーンは足をとめ、マックのほうを向いた。彼女の目は驚きのあまり、まるくなっている。事のしだいがわかってきて、彼女は一瞬、マックを見つめた。

「まあ、なんてこと」ジェーンは持っていた黒い袋を足元に落とした。「マック、少し思い出したわ」

彼女はささやいた。そして今度は前よりも大きな声で、顔を大きくほころばせて、繰り返した。「思い出したのよ」彼女はマックの腕の中に飛びこんで、彼をまた驚かせた。「ああ、マック」

ジェーンの喜びが伝わり、マックは彼女を抱きしめて、目をぎゅっと閉じ、つかの間の触れ合いを楽しんだ。

ジェーンはぱっと体を引いて、にっこりした。

「これっていいことよね」

「とてもいいことだ。ほかになにか思い出さないか？　その靴屋の名前は？　イタリアの町？　いつそのブーツを手に入れたんだ？　もらったのか？」

ジェーンは首を振りながら、また笑顔を見せた。

「それはなにもわからないわ。ほかにはなにも思い出せないのだけれど、これっていい徴候よね。ドクター・クォールズに電話で知らせたほうがいいかしら？　記憶を呼び戻すためにできることがあるかもしれないわ」

「いい考えだね。あとで電話しよう」

「ああ、マック」ジェーンはマックの腕の中にまた倒れこんだ。彼女が胸に頭を押しつけると、マックは彼女をきつく抱きしめた。「ありがとう」

ジェーンはマックを見あげて、彼の頬にキスをした。

「なんのためのキスかな？」マックはジェーンが記憶を完全に取り戻したのかもしれないと思った瞬間に、喪失感を味わっていた。その歓迎されざる感覚から自分の心を守りながら尋ねた。

「ここにいてくれることに対して。私に手を貸して、助けてくれることに対してよ」

「それは僕の――」

ジェーンの顔をかすかな失望がよぎった。

「喜びさ。どういたしまして、ジェーン」

ジェーンが大きく顔をほころばせて、また笑うのを見て、マックは不安を押しのけた。彼女は自分が扱う事件の当事者であり、彼女に手を貸すのは仕事ではあるが、それが仕事であろうとなかろうと、彼女を助けるためにできる限りのことをしよう。マックはようやく、そうみずからに認めた。

その思いはマックを不安にさせ、ひどく動揺させた。

今夜、明日、あるいは明後日にも、ジェーンは記憶を完全に取り戻すかもしれない。そうしたら、彼女は去ってしまうだろう。

「あなたに抱かれていると、とても安全な気がするわ、マック。すべてがうまくいくような気になるの」

マックはその正反対の気分だった。ジェーンを抱いていると、彼の生活のすべてが普段と同じではなくなってしまう気がする。

ジェーンは体を離し、マックの手をつかんで引っ張った。「さあ、夏の靴を私に買ってくれるんでしょう」

ジェーンは新しい服をベッドの上に広げ、ブラウスやパンツ、ジーンズ、ショートパンツを並べて、いろいろと組み合わせていた。

「わあ！」リジーは開いていたドアをノックして、部屋の中にはずむようにして入ってきた。ジェーンの服を目にして、やさしい茶色の目が喜びに輝いている。「ちょっと見て！　すごいわね、ジェーン。そのラズベリー色の一そろいが気にいったわ。あなたの髪と瞳によく似合うでしょうね」

ジェーンはほほえまずにはいられなかった。「楽しかったわ。それに、マックにはとてもよくしてもらったの。あなた方二人とも、なんて親切なのかしら」

リジーは笑みを浮かべた。「マックは好きなのよ」

わけがわからず、ジェーンは眉を寄せた。「そのブラウスが？」

「まさか。あなたを買い物に連れていくことがよ」

ジェーンは目をしばたたいて、声をわずかに上げた。「彼があなたにそう言ったの？」

リジーは首を振った。切りそろえたとび色の前髪が目にかかる。「兄は買い物を楽しんだとはぜったいに認めないでしょうよ。でもね」彼女はジェーンの目の奥をのぞきこんだ。「文句を言わなかったわ。一度もね。兄はあなたが好きなんだと思うの」

顔がひどく熱くなり、頬が薔薇《ばら》色にぱっと染まるのがわかる。ジェーンはリジーの言葉をありがたいと思った。「彼はすてきな人だわ」そうつぶやいたが、ジェーンはもっと的確に表現することができた。頑健で冷静沈着。世話好きだが用心深い。頼りがいがある。命令するのが好きで、ひどくセクシー。最近、マックに視線を向けられると、腕に鳥肌が立ち、抱きしめられると、体中にぐつぐつと煮えるような熱さが広がっていく。

「そうでしょう？　兄をすてきだと思っているのね？」リジーはジェーンの服を重ねて、ベッドの上にスペースを作ると腰を下ろした。そして脚を組んで、上体をうしろにそらせ、両手をついて支えた。

「ええ、そうよ」ジェーンは白いノースリーブのサマードレスを持ちあげ、ハンガーにかけた。マックに買うようにすすめられ、ぎりぎりになって買ったものだ。ドレスをクローゼットにかけてから、彼女は振り返った。「なにをたくらんでいるの？」

リジーはジェーンに茶目っ気たっぷりの笑みを向けた。「兄の人生には女性が必要だわ」

「まあ、リジー。それが私だと思っているのね？」

「あなたも兄が好きでしょう、ジェーン。あなたが兄を見る目つきでわかるわよ」

「もちろん、好きよ。マックは私の命の恩人で、家に泊めてくれているんだもの」ジェーンは両手をさっと振って、ベッドの上の服を示した。「それに、服まで買ってくれたわ。あなたとマックには感謝しているけれど、残念ながら、未来はないのよ。私は自分が誰なのかわからないんだもの。マックは私のような人間から自分の身を守ろうとして当然だわ」

「つまり、あなたはマックをすばらしい男性だとは思っていないというのね？」

「リジー、マックはすばらしい男性だし、あなたが彼のために仲介役をすることをまったく必要としていないわよ」ジェーンはそっと言った。「どうしてあなたが？　それに、あなた自身の異性関係はどうなの？」

リジーは深々と憂鬱《ゆううつ》そうにため息をもらした。

「異性関係って？」

ジェーンはリジーの隣に座った。「ブロディ保安官代理は？」


リジーは肩をすくめたが、彼の名前が挙がっただけで、目がぱっと輝いた。

「教えてちょうだい」ジェーンはやさしく話しかけた。「力を貸したいのよ」

「ただ、その……彼は兄になんて言われるかを恐れているると思うの」

「リジー、あなたはもう大人の女性だわ。人生において自分自身の選択をする権利があるのよ。それに私が見たところ、ライル・ブロディはきちんとした人だし、どうしてマックが反対するの？」

またしても、リジーは肩をすくめた。「複雑なのよ」彼女は打ち明けようかどうしようか決めかねるように、ジェーンの顔を一瞬、さぐるようにじっと見つめた。「一つには、私は兄が幸せになるのを見たいのよ。兄はそれに値するわ。彼はあまりにも長く一人きりだったでしょう。その兄を見捨てるような気がするの。たしかに、兄は威張るときもあるし、私たちがぶつかり合うときもある。でも、彼は私のために命を投げ捨ててくれるだろうと心の中ではわかっている。すばらしい兄だから」

ジェーンはある程度まで、リジーの兄に対する忠実な気持ちがわかった。そしてリジーとマックがそれほど特別な絆《きずな》を共有していることをすばらしいと思う一方で、自分自身の生活について、思いをめぐらせた。私には私のことをさがしている兄がいるかしら？　私のために進んで命を投げ出してくれる人が誰かいる？　ジェーンが一人ぼっちだと感じるのはこういう瞬間だった。

「マックはあなたの幸せを願っているわ、リジー。そのことに最後の一ドルを賭けてもいいわよ」そう言って、ジェーンはにやりとした。「もし一ドル持っているとしたらね」

リジーもほんのつかの間、ほほえんだ。「でも、それだけじゃないのよ、ジェーン。私がこのことをしゃべったら、マックがよくは思わないと思うのだけれど」

「なるほどね」そう答えはしたものの、ジェーンは知りたくてたまらなかった。

「もちろん、あなたが私から無理やり聞き出せば、それは私のせいではないわよね」

「表向きは私が無理に聞こうとしていることにしましょう。私がすべての責任をとるわ。あなたに選択の余地はなかったとね」ジェーンはウインクして、うなずいた。

「わかったわ」リジーはジェーンの新しい、ストラップのついた黄褐色のサンダルが入っている靴箱を持ちあげて言った。彼女は箱の蓋《ふた》をとり、また置いた。「ライルのことをきいて」

「どうしてマックはあなたがライル・ブロディと付き合うのをいやがるの？」

「あなたが無理強いするから話すけれど、マックはライルの妹のブレンダ・リーと結婚していたのよ」

ジェーンは大きく息を吐き出した。意気消沈して、むなしい気がするが、どうしてなのかはよくわからない。マックに結婚歴があることは知っていたが、具体的な話を聞いて、相手の名前がわかると、すべてが現実味をおびてくる。ほんのわずかの嫉妬《しっと》心さえ感じる権利はまったくないのに、ジェーンは嫉妬心を覚え、妬《ねた》みがゆっくり這《は》うように背筋をのぼってきた。「まあ、それは」

リジーは深々と息を吸いこんで、うなずいた。

「わかったでしょう。きれいさっぱりとした別れではなかったし、当然、ライルのほうも、マックが私を守りたがるのと同様、妹を大事にしているわ。仕事の上では尊敬し合っているけれど、ライルはマックの元義兄にあたるのよ。慎重を要するってわけね」

「あなたはライルを愛しているんでしょう?」

「そうなる可能性もあると思うわ、ジェーン。でも、その可能性をさぐることができないのよ」

ジェーンはマックの離婚について知りたくてたまらず、聞き出さずにはいられなかった。ほんの少しでも。「それで、ブレンダ・リーとの間になにが起きたの?」

「彼女とマックはまったく合わなかったのよ。いったん結婚すれば、マックを変えることができるとブレンダは思ったのね。彼女はウインチェスターを離れたがっていて、ここから連れ出すように、マックを説得できると思っていたの。マックは長い間、懸命に努力したけれど、自分を変えることができなかった。ブレンダはマックが小さな町の保安官でいることがどうしても理解できなかったんでしょうね。マックは自分の生活、この町、自分の仕事が好きで、ブレンダがそんな思いきった変化を要求するとは思いもしなかった。マックはマックであることをやめられなかったのよ。結婚生活を続けられなくなっても」

「まあ」

「そうなの。でも、ブレンダ・リーは望むものを手に入れたわ。彼女は再婚して、二人の子供に恵まれ、今はニューヨークに住んでいるのよ」

「だから、あなたはライルと付き合ったら、両方の面でマックに申し訳ないと感じるわけね」

「そうなの。そのとおりよ。あなたが来て、マックのあなたに対する態度を見たとき、どんなにほっとしたか、言葉にできないほどだわ。兄は長い間、女性に関心がなかったから。本気ではね」

「関心がないと私には言いつづけているわよ、リジー。あなたによくないことを知らせたくはないけれど、マックは私のことを職務上の責任を感じる対象として見ているの。それだけだわ」

「兄は女性を家に招いたりしない人よ。相手が記憶喪失であろうとなかろうとね。もし興味がなければ、買い物に連れていって、贈り物を買ってあげたりしないわよ」リジーはブラウスのポケットに手を入れ、金色の箱を取り出した。「これをあなたにあげてほしいと言われたの」

ジェーンは自分のほうに押しやられた金色の箱を受け取り、びっくりしてリジーを見つめた。

「さあ、開けてみて。なんなのか、見たくてたまらないわ」

ゆっくりと、器用な手つきで、ジェーンはその箱を開けた。「まあ」そっと声をもらした。目に涙がたまってくる。彼女は銀のイヤリングとネックレスとブレスレットのセットを取り出した。大きな輪が小さめの輪につながっている。「買い物の途中で、ショーウインドーに飾ってあったこの品をじっと見つめてしまったんだけど、マックには気づかれていないと思っていたわ。気づかれたくなかったのよ、リジー。彼が私にジュエリーを買ってくれるなんて思いもしなかったわ」

「でも、実際に買ってくれたのよ」

「そうね」ジェーンはそっと言うと、箱を胸に抱きしめた。渦巻いている温かな感情すべてを言葉にするのはむずかしい。「マックはどうして自分で私にくれなかったのかしら？」

リジーの笑みが広がった。「たぶん、あなたの瞳に浮かんでいる、その表情を見ることができなかったからでしょうね。あなたを見ていると、私も涙が出そうになるもの」

「なんて言ったらいいのか、わからないわ」

「ちょっとお願いがあるのだけれど。マックにお礼を言うときに、大げさにしないでね。兄は派手にお礼を言われることが苦手なの。あなたがそれをつけているところを見せるだけで、じゅうぶんよ」

「受け取っていいのかも、わからないわ」

「それでマックが破産することにはならなかったでしょう、ジェーン。もしあなたが返したら、彼の気持ちをひどく傷つけることになるわよ」

ジェーンはネックレスをもてあそび、細かな装飾をうっとりと眺めた。今日、店のショーウインドーでこっそり見た高価な宝石の中で、このシンプルなシルバーのセットがジェーンの心にいちばん残っていた。それをマックが選んでくれたのだ。

「よく考えてみると、返すことなんてできないわね。つけるのを手伝ってくれる？」ジェーンはネックレスをリジーに渡した。

「いいわよ。でも一つ、条件があるの。私が旅行から帰ったら、新しい服を一そろい、買うのを手伝ってほしいの」

「喜んで、リジー。おもしろそうね。でも、どこに旅行に行くの？」

「ノースカロライナよ。親友のケイトリンが予定日産むことになったのよ。落ちこんでいる友達をほうってはおけないでしょう。約束は約束だし、出産に立ち会うことにわくわくしているのよ」リジーは兄そっくりのきれいな真っ白い歯を見せて、にっこりした。「でも、認めざるをえないわね」彼女は首をかしげて付け加えた。「絶好のタイミングだということを」

より早く出産しそうなの。夫のジョーは海兵隊で海外に派遣されていて、すぐには家に戻れそうもないのよ。私はケイトリンの出産に付き添って、赤ちゃんの名づけ親になるのよ」

「それはすばらしいわね。どのくらい行っているつもり？」

リジーはベッドからはねるように立ちあがって、ジェーンの首にネックレスをまわした。「日曜日に出発して、一週間後には戻るわ。でも、あなたとマックがおたがいの気持ちを知るにはじゅうぶんな期間よね」

ジェーンはマックからもらったネックレスをつけて立ちあがり、リジーに向かって首を振った。「マックは、あなたが縁結びをしようとしていると思うでしょうね」

「ケイトリンが合併症を引き起こしてしまったのは私のせいではないわ。赤ちゃんを帝王切開で早めに

6

ジェーンは裏口に立って、マックのいるガレージに入っていこうかどうしようかと思案していた。彼がキッチンから出ていく音を耳にして、彼女は自分を叱《しか》りつけた。早起きしていれば、マックが朝食を食べているところをつかまえられたのに。彼は買い物のあと、昨夜は夕食に戻ってこなかった。リジーの説明では、緊急事態があり、保安官事務所に呼ばれたのだそうだ。そんなわけで、ジェーンはマックの気前のいい贈り物に対して、まだ礼を言っていなかった。

今日、ジェーンはそのシルバーのアクセサリーを身につけていて、それは新しいライラック色のノースリーブのブラウスや薄手の黒いパンツを引きたたせている。コロラドの夏がどっかりと腰をすえ、気温がかなり上がっていたが、新しい服のおかげで、ジェーンは涼しく快適だった。髪をポニーテールにしたので、風が首や喉にあたる。

ジェーンは重々しくため息をつき、ガレージに向かって大股で歩いていった。一刻も早く礼を言わなければ。でも、用心のため、ガレージには入らずに、まず窓からこっそり見ることにしよう。中にマックの姿はない。ほっとしたのか、がっかりしたのか、ジェーンにはわからなかった。背を向けようとしたとき、マックの声が耳に響いた。

「僕をさがしているのかい？」

ジェーンがくるりと振り返ると、マックは柵《さく》の支柱に寄りかかり、ボトルから水を飲んでいる。ブロンズ色の胸がコロラドの太陽の下できらめき、またしても、彼はスウェットパンツと首に巻いた白いタオルだけの姿だ。

「あら、マック。そう、さがしていたのよ。その……あなたのトレーニングのじゃまをしたくなかったの」

「終わったよ」マックはボトルの水を飲みほすと、それを支柱の上に置いて、ジェーンに近づいてきた。

ジェーンはあとずさりしないようにするのが精いっぱいだった。マックに見つめられ、胸は高鳴り、神経は高ぶり、唇はすぼまった。彼の視線が喉にちらりと動き、ネックレスを目にし、次にブレスレット、最後にはイヤリングの輝きに目をとめるのをジェーンは認めた。

「きれいだ」マックはジェーンの前に立って、言った。

ジェーンは赤くなり、唾《つば》をごくりとのみこんだ。

彼女の手は本能的にネックレスに伸びた。マックが動じることなく、ジェーンをほめたのはこれが初めてだ。「あの、ここに来たのはそのためなの。あなたにお礼を言おうと思って。私はジュエリーが大好きなのよ。きっとあなたにはわかっていたに違いないわね」

マックはうなずいた。ジェーンはリジーに言われたとおり、大げさに礼を言うことはしなかった。

「とてもすてきな、思いがけない贈り物だったわ」

「ジェーン」マックは彼女の目を見つめながら言いかけた。ジェーンの鼓動は失神してしまいそうなほど高まっている。彼女はマックの次の言葉を待ったが、彼はただ見つめているだけだ。彼が言葉に窮している姿を見るのは初めてだ。ジェーンはどうすればいいのかわからなかった。

「なにか欲しいものがあるの？」

マックは口の一方の端を上げた。それはジェーンが知っている笑みではなく、むしろ冷笑するような表情だった。「適切な質問とは言えないな。欲しがっている男性に尋ねるには……」

「欲しがっている？　なにが欲しいの、マック？」

ついうっかり、ほんとうのあからさまな気持ちを見せてしまった自分を抑えるかのように、マックはあとずさりを始めた。ジェーンは彼の首にかかっているタオルの両端をつかみ、行かせまいとして引っ張った。

爪先立ちになり、マックのハンサムな顔を見あげる。

マックの目の色が濃さを増し、ジェーンの口元に向けられた。

熱い思いがこみあげ、欲望で胸を高鳴らせて、ジェーンは唇を開いた。

マックは一瞬、目を閉じて、うめき声をあげた。

「なにが欲しいの？」ジェーンはもう一度、尋ねた。

今度は夏の風のように、そっと。

「ここではだめだ」マックは謎《なぞ》めいた口調で言って、ジェーンをさらに困惑させると、彼女の手をとり、ガレージの中へと引っ張っていき、壁に押しつけた。体の両側に手をついて、ジェーンを動けなくしてから、唇を彼女の唇に近づけて、深く長いキスをする。

ジェーンは歓喜のため息をもらし、うめき声をあげた。こんなことは期待していなかったけれど、文句はない。正気の沙汰《さた》ではないものの、ジェーンはマックに対して、このキスも、あるいは彼が望むものがなんであろうとも、拒むことはできなかった。

彼女はマックの胸に手を這《は》わせ、なめらかな肌を愛撫《あいぶ》し、カールした髪に指をからませた。マックはがっしりしていて、筋肉がついている。ジェーンはマック・リッグズ保安官がもっと欲しくてたまらなくなった。ジェーンの手は何回もマックの体を這い、ついには彼のほうも彼女がたまらなく欲しくなった。

彼が体をさらに押しつけると、高まった部分がジェーンの腹部をこする。感情の高まりに、彼女は死んでしまうのではないかと思った。

「ああ、マック」彼が望むものをすべてあげたい。なぜかブラウスのボタンがはずれていて、マックは中に手を差し入れ、ジェーンの感じやすい肌を愛撫した。

マックはジェーンの胸の先を親指ではじき、ジェーンは歓喜で叫び声をあげそうになった。彼はさらに何回も繰り返しキスをして、唇を彼女の喉に這わせた。期待ははち切れそうに大きくなっていく。

「君は非の打ちどころがないな」マックはかすれた声でささやいた。「君のすべてが欲しい、ハニー」

ジェーンはマックの目をじっとさぐるように見て、欲望が宿っているのを見つけた。むきだしの死に物狂いの思いだ。彼女も同じ気持ちでうなずいた。マックと愛を交わしたい。

マックはキスを続けたまま、ジェーンの体をトレーニングベンチに下ろし、あっという間におおいかぶさった。ジェーンは、マックが彼女を押しつぶさないように注意を払い、自分の体をしっかり支えていることに気がついた。

マックは時間をかけ、ゆっくりと体を動かし、ジェーンにキスをし、愛撫し、体をすり寄せた。ジェーンはマックが欲しくてたまらず、体中のあらゆるものが彼と一つになることを求めていた。

そしてようやくマックがジェーンのパンツに手を伸ばしたとき、彼女は息を吸いこんで、ファスナーを下げやすくした。

その瞬間、ベルが鳴り響いた。

最初ジェーンは、学校のベルか、あるいは消防車のサイレンの音かと思った。

マックはファスナーにかけていた手をとめ、耳をすました。

彼が起きあがると、ジェーンはたちまち喪失感を覚えた。

「なにかしら？」

「僕の携帯電話だよ、ジェーン。なにかあったんだな。事務所かリジーに」

それでも、マックはベルが鳴りつづけるままにしていた。ジェーンに視線を向け、じっと目を見つめて、声には出さずに大丈夫と彼女に伝えた。

彼はジェーンの手をとり、トレーニングベンチにまっすぐな姿勢で座らせると、ため息をついた。

「ジェーン、電話が鳴ってよかったよ」

彼女はそうは思わなかった。

「避妊具のことを考えもしなかった」

ジェーンがブラウスのボタンをとめ、すっかり身繕いするまで、マックは見守っていた。

「どうかしていたな」マックは立ちあがって、自分を戒めている。彼は自制心を失うような人間ではない。こんなことになり、自分を責めているのだ。

「僕は思慮がなかった。そういうことなんだ。どうしたら僕を許してくれる？」

ジェーンは勇気を奮い起こし、怒りを封じこめて、立ちあがった。「言わないで、マック」

マックは顔をぱっと上げた。「なんだって？」

「私にあやまるなんてとんでもないわ。私は大人の女なの。自分自身のことは自分で決められるのよ」

ジェーンは彼に自分の苦悩を見られないように顔をそむけた。「電話が誰からか、確認しなくていいの？」

「ジェーン？」

「さあ、早く、マック」ジェーンは力強く言った。それからもっとやさしく繰り返した。「さあ」

「大丈夫かい？」

ジェーンは〝いいえ！〟と叫びたかった。記憶を失ってから、なに一つ大丈夫なものはない。だが、今朝、ほんの一瞬、すべてがうまくいくかもしれないと思ったのだ。マックと、そして彼女にとって。

「大丈夫よ」

マックは作業台から携帯電話を取りあげ、番号を確認した。「事務所からだ」

「それなら、かけ直すといいわ」

マックはジェーンに目をやった。彼女はトレーニングベンチのそばに立っている。二人の人生が今朝、変わっていたかもしれない場所だ。「僕は――」

「言わないで、マック。いいわね」

ジェーンの口調がおもしろかったかのように、マックは笑みを浮かべてから、電話をかけるために背を向けた。

ジェーンは胸がいっぱいになって、ガレージを飛び出した。一刻も早くここから出なければいけない。そして、まさにそれを彼女は実行に移そうと決意した。

この家を出るのだ。


マックはシャワーから出ると、手早く体をふき、服を着た。できる限り早く保安官事務所に行かなければいけないし、ジェーンとも話をする必要がある。彼の聞いた知らせはジェーンにかかわるものだったが、マックは今、これ以上彼女といっしょに過ごすことに胸がはずまなかった。僕はさっきガレージでいったいなにを考えていたんだ？　もう少しで、神に与えられた理性を忘れ、欲望に駆られ、セックスに夢中な十代のようにジェーンと愛を交わすところだった。

すんでのところで、どうにか自分を押しとどめることができたが、もし携帯電話が死人も目を覚ますほどの音量で鳴り響かなければ、思いとどまるだけの良識があっただろうか。

「おまえは彼女をさらに困惑させただけだぞ」マックはベッドルームから足を踏み出しながら、静かに言った。ジェーンがもっとも不要としているのは今以上の不安と混乱であることも、彼がそれをすっかりだいなしにしてしまったこともわかっている。彼が正気に戻ったとき、ジェーンの顔に浮かんだ傷つき、がっかりした表情を忘れることはないだろう。実際、マックもがっかりしたのだが、それをジェーンにわからせることはできないに違いない。彼女は今、彼といっしょにいたくないだろう。だが、マックはジェーンと顔を合わせ、さっき聞いた知らせを伝えなければならなかった。「ジェーン」マックは家中の部屋を一つ残らずまわりながら大声で呼んだ。不気味な静けさが広がっている。

マックはため息をもらし、さがしつづけた。五分後、家と敷地の中を何回も調べたあと、パトカーに乗りこんでドアを閉めた。ジェーンはどこだ？　マックの鼓動は狂ったように打った。

いきなり家を出ていくなんて、ジェーンらしくない。マックはアクセルを踏んで、ゆっくりと車を発進させ、怒りっぽい金髪美人を見つけようとウインチェスターの通りをくまなくさがしまわった。

ついにジェーンを見つけたとき、マックはこみあげる怒りを封じこめなければならなかった。町のメイン・ストリートでライル・ブロディと話をしている彼女を見つけたのだ。いや、実際、彼と声をあげて笑っている。たしか、今日はライルは非番だった。ライルがジーンズをはき、青い格子縞《じま》のシャツを着ていることから、マックの思ったとおりだとわかる。ジェーンとライルの二人は〈タイラーズ・マーケット〉の前に立ち、ライルは食料雑貨の入った袋を腕にかかえている。

マックは少し離れた道沿いに車をとめて待った。二人のうちのどちらも彼のほうを見ないので、彼は十まで数え、車を降りた。なにか衝動に駆られた行動を起こしそうになるたびに、心を落ち着かせるため、十まで数えることにしている。

マックは助手席側のドアに寄りかかり、腕を組んで待っていた。

ジェーンの目に僕の姿が映らないのか、ただ僕に気づくまいとしているのだろうか。わからないまま、マックはもう一度、十まで数えてから、いかにもなにげない足取りと態度で近づいていった。

「おはよう」マックはライルに声をかけた。

二人とも、マックがそこに立っているのを見て、心底驚いたようすを見せたが、そのことは彼のいらだちをつのらせるだけだった。周囲が目に入らないほど、この二人はいったいなにがそんなにおもしろかったというのだ？

「これは、保安官」ライルは背筋を伸ばし、顔から笑みを消し去った。「僕が誰とばったり出会ったと思います？　ジェーンと僕は――」

「仕事のことで来たんだ。ジェーンと話がある」マックはさえぎった。二人が仲よくしているのを見ると、いらいらする。

「わかりました。僕は食料品を積みこんだほうがよさそうですね」ライルはジェーンにすばやく笑顔を向けた。「またお会いできて楽しかったです」

「私もよ、ライル。私が言ったことを忘れないでね」

ライルはマックをちらっと見ながらうなずいた。いったいどうなっているんだ、とマックはまた思った。「そうします。ではまた」

ジェーンは腕を組み、ぴんと背筋を伸ばした。

「ちょっと、失礼だわ」

「失礼なのは、どこに行くかも言わずに君が家を出ていくことさ、ジェーン」

「散歩に出かけたのよ、マック。それだけだわ。外に出かけて、頭をはっきりさせる必要のあるときがあるでしょう」

マックはそれだけではないと思った。「次からはメモを残してくれよ。僕は今も君に対して責任を負っているんだからな」

ジェーンは頭を振った。「聞いて——」

「君の事件に関してニュースがあるんだ」マックはそのまま言い争いになるのを避けて、切り出した。「僕と車で出かけよう」

「ニュースですって？　私に関して？」ジェーンの表情は変わった。金色の眉が上がり、ラベンダーブルーの瞳は希望で輝いている。少なくても、彼女を不機嫌な気分から抜け出させることはどうにかできた。現場に連れていって、彼女がすぐになにか思い出してくれればいいのだが。

「行こう」マックはパトカーに向かって歩きはじめた。「みんなが待っている。車を走らせながら、くわしく話すよ」

「ここだ」マックはカスケード湖の岸に車をとめながら言った。「ちょうどいいときに到着したようだな」

ジェーンはあたりを見まわした。今朝いろいろ起きたことで、神経がずたずたになっている。自分が誰なのか、その手がかりを得られるかもしれない。ここに来る途中、マックにあまり期待しすぎないようにと注意されたものの、ジェーンは期待せずにはいられなかった。「きれいね」彼女は湖を見つめて言った。コロラドの太陽の下、濃い青色の湖がきらきら輝き、遠くの岸辺に沿って青々とした背の高い木々が並び、うしろのまばゆいほどのパイクス・ピークの頂上には雪がわずかに残っている。

「ここには歴史がたくさんあるんだ」マックは言った。「ここは西部に人々が移住してきた最初の場所の一つだからね」

だが、重機のきしむ音がその場をぶちこわした。ジェーンもマックも音のほうへと顔を向けた。

「赤いムスタングのようだな」

地元の保安官たちがまわりに立っている中で、車が湖から引きあげられた。

二人はパトカーを降り、マックはジェーンのほうにまわってきて、そばに立った。「見てくれるだけでいい。記憶が突然呼び戻されるかどうか確かめてほしいんだ。見込み薄だがね、ジェーン。だが、いまだに発見されていないものの、君が車を運転していたと我々は思っているので、これで筋が通る可能性がある。こういう形で、ほかに二台、発見した車があるが、持ち主がわかるようなものはいっさい取り去られ、登録証明書もナンバープレートもなかった。それでも、我々は車の持ち主の一人をどうにか見つけ出したよ」

「車は盗難車だったの?」

「ああ。おもしろ半分に車を盗んで乗りまわしていた連中の犯行に違いないと踏んでいる。車を解体してはいないからな。誰の仕業か目星はついているが、証拠がないんだ」

「つまり、私が運転していた車を誰かが盗んだかもしれないと思っているのね?」

マックは肩をすくめた。「一つの可能性さ。もっと近くに寄って、よく見よう」

ジェーンは車のところまで行って目を凝らし、車を見つめた。マックは彼女のすぐそばに立っている。車は水びたしで、湖の底に沈んでいたために、瓦礫《がれき》におおわれていた。ジェーンは長い間、じっと見つめてから、首を振った。「なにも思い浮かばないわ、マック。この車を見るのは初めてだと思うの」

マックはジェーンの背中を押して、前に進むようにうながした。「中を見てごらん」

ジェーンは言われたように中をのぞきこんだ。水につかった、なにもない車内に目をやる。手がかりを得られるような形跡はまったくない。彼女はまたも首を振った。

「まだトランクがあるよ。以前発見された車の一台は、中に手がかりになるようなものはなに一つなかったんだが、もう一台にはあった。トランクの床に食料雑貨店のレシートや、ほかにいくつかのものが見つかって、そこから所有者が割り出されたんだ。車を牽引《けんいん》していって、保安官事務所でトランクを調べることになるだろう」

「ほかの車はいつ発見されたの？」

「今月だ。十代の不良グループがおもしろ半分にやったと捜査員たちは見ている。問題ばかり起こす連中さ。見つけ出すのは、時間の問題にすぎないよ」

ジェーンはもう一度、車のほうを向いて、じっくりと眺めた。期待していたものを目にすることも、感じることもなく、彼女はまたゆっくりと首を振った。「これは私の車ではないと思うわ、マック」

「おそらく違うだろうな。だが、トランクを開けたら、念のために確かめよう。もし君の車なら、トランクの中に荷物や身元のわかるものがあるかもしれない。発見したもう一台の車は除外していいな。君がウインチェスターに来るずっと前に発見されたものだからね」

「それで、このあとは？」

「散歩しないか？」

ジェーンはうなずいた。

二人とも、もの思いにふけったまま、湖岸に沿って、ぶらぶらと歩きはじめた。ようやく、たくさんの岩が行く手をはばんでいるところで、足をとめた。

「少し腰を下ろそう」マックは声をかけた。

二人は長い平らな大岩を見つけて、並んで腰をかけた。

「この場所にはいい思い出があるんだ」マックは見渡す限りの湖をじっと見つめながら、静かに言った。

「子供のころ、よくここに来て、岩を飛び越えたものさ。ここで初めてキスもした。十二歳のときだったな」

ジェーンは笑った。「十二歳ですって？」マックは唇の端を上げた。彼のめったに見せない笑みの輝きがジェーンを強く惹《ひ》きつける。「おませさんだったみたいね」

「しくじってね。二人ともあやうく湖にうつ伏せに落ちるところだったよ。とても緊張していたんだ」

「それで、彼女はそのときからずっと恋人だったの？」

「まさか。その翌日、ふられたよ」マックはくすくす笑いながら言った。「当然さ」笑みは消え、彼はジェーンと目を合わせた。「今朝のことについてだが、ジェーン」

ジェーンは手を上げた。「やめて」

「あやまろうとしているんじゃない」マックはすばやく言った。「責任をとろうとしているんだ。分別がなかったよ。無邪気なキス以上のものだったたし、僕たち二人とも、どこに向かっていたのかわかっている」

ジェーンは今朝の出来事を取り繕うのがいやで、うなずいた。マックの言うとおりだわ。もしあの電話が呪縛《じゅばく》を解いていなければ、トレーニングベンチの上で愛を交わしていただろう。

「だが、そんなことは起きてはいけないんだよ、ジェーン。君は自分の境遇がわからないんだ。君が……」

「なんなの、マック？　人生には保証できることなんて決してないのよ」

「わかっているよ」マックは長々と苦しげにため息をついた。「けれど、僕はかつて自分自身のことがわかっていない女性と深い仲になったことがあってね。彼女は自分では現状に満足できると思っていたんだ。しかし、結婚したとたん、すべてがものたりなくなったのさ。僕も、彼女にはものたりなかった。君のほんとうの生活のほうが、君がここで僕と経験するどんなことよりも優先するんだ。そう思わなければ、僕たちは愚か者だよ」

「いいえ、そんなことは保証できないわ。あなたが言っていることが正しいとはわかっているわ、マック。でも、ここには私にとって頼れるものがほとんどなにもないの。私にわかるのは自分がなにを感じているかだけよ」

マックは大きく顔をほころばせて、ジェーンの胸はまたもや躍った。「僕も自分がなにを感じているか、わかるよ」

「それはなんなの？」ジェーンは胸を高鳴らせて、尋ねた。

マックはかすかにためらってから、澄んだ正直な目をして答えた。「君が欲しい」

温かいものが体中に広がっていき、それを知ったことで満足しなければいけないとジェーンは気づいた。マックにしつこく迫るつもりはない。彼は道理をわきまえ、理性的で、信頼できる人物であるように必死に努力しているのだ。

「あなたの奥さんのことは知っているわ、マック。リジーからそれとなく聞いたの」

マックは顔をしかめた。

「リジーを怒らないでね。あなたの幸せを願っているだけなんだから」

「いやなやつだ」

ジェーンは声をあげて笑った。その笑い声は湖を取り巻いている木々にあたって、こだました。「やさしい人だわ」

マックはジェーンに薄笑いを浮かべてみせた。

「それもそうだな」それから長々と息を吸いこみ、続けた。「いいかい、リジーが日曜日に出かけるのは知っているだろう。君に家に泊まるよう誘ったときには予定していなかったことなんだ。僕たちは二人きりになってしまう。それで、もし君が――」

「私に出ていってほしいの？」ジェーンは単刀直入に尋ねた。もし出ていったほうが心安らかに暮らせるとマックが思っているのなら、出ていこう。今朝、ドクター・クォールズに診察の予約をとるために電話をしたのだが、彼は親切にも自由に泊まっていいと誘ってくれた。

「違うよ」マックはすぐさま答えた。「君のためを思って尋ねただけだ。僕のためではない」

「もしそれであなたの気分がいくらかでもよくなるのなら、あまり家にいないようにするわ。リジーのおかげで、本屋さんの〈タッチト・ウィズ・ラブ〉で仕事が見つかったの。毎日、ボランティアで働くつもりよ」ジェーンはマックににこやかにほほえみかけた。「店長のロリーは、本屋での仕事が捜査の妨げにならないようにすると確約してくれたわ。いつでも必要なときには、時間を空けられるわよ。暇な時間に本屋さんで手伝うつもりなの」

「リジーが君のために手はずをつけたのか？」

ジェーンはうなずいた。「そうよ。リジーはロリーととても親しいの。ロリーの孫、六人全員がリジーのクラスにいたみたいだわ。それに、私が歩いて通うのにも近いしね」

マックの表情は曇った。「家からそれほど近くはないよ。夜は働かないでほしいな」

「まあ。それなら、夜は家にいてほしいのね。二人きりで。あなたと？」

マックは唇をすぼめ、あきらめたように首を振った。「なるほど。君の言いたいことはわかった。だが、夜、働くときは、僕が車で迎えに行くからな。これに関しては交渉の余地なしだ」

「それで手を打ちましょう。始めるのが待ちきれないわ」ジェーンはうれしそうにため息をついて言った。

「今朝、君が出かけていたのはそこかい？」

「ええ。ロリーの古本屋さんは感じがいいと聞いていたので、ロリーに直接会って、お店を見たかったのよ」

「それで、僕に話さずに出かけて、ひどく心配させたんだな」

ジェーンはマックのほうに顔を向けて、彼の目をのぞきこんだ。「心配してくれたの？」

マックは頭をかき、なにも答えずにいきなり立ちあがった。「仕事に戻らないといけない」

ジェーンはあれこれ思いをめぐらせながら、マックと車に戻っていった。無断で出かけたことで、彼を怒らせてしまったと思っていた。彼が私のことを心配しているとは思ってもみなかった。心配するというのは気にかけることだ。そして気にかけることは、別のことにつながっている。


今朝のことがあって、マックが私を欲しがっているのはわかったけれど、それはセックスの面でのことだろう。彼が実際に私を好きだとは考えもしなかった。

ジェーンは足を速め、マックより先にパトカーに着くと乗りこみ、ドアを閉めて、まっすぐ前を見つめた。マックが私のことを実際に好きだと思うのは危険だ。それでも、彼女の胸はその思いで燃えあがった。

二人の間に距離をおくのがもっとも賢明な道だ。本屋で長時間、働くという手段がある。マックの手の届かないところにいよう。

傷つくのはマックの心だけではない。

今のもろい状態で、もしそんなことが起きれば、自分は粉々に砕けてしまうだろうとジェーンにはわかっていた。

7翌朝、〈タッチト・ウィズ・ラブ〉に足を踏み入れたジェーンは、すっとそこにとけこむような一体感に襲われた。彼女は愛情のこもった手でめくられた黄ばんだページや古びた表紙、それに本屋の片隅に半円形に置かれた、少しすり切れた革のソファが醸し出す麝香《じゃこう》の香りを吸いこんだ。ロリーが愛情をこめて〝読書コーナー〟と呼ぶ、そのソファが置かれた隅は、老いも若きもが集う場所だった。午後は子供たちがソファに群れ、ロリーが子供たちのお気にいりの話を読むのに耳を傾ける。夜は歴史書の読書グループと超常現象の原理を探求するグループがその場を共有している。

「おはよう」ロリーは棚に並べるばかりになったペーパーバックの山から顔を上げて、声をかけた。

「ずいぶん早いね」

「おはようございます、ロリー。仕事を始めるのが待ちきれなかったの」

「開店まで三十分あるよ。ちょうどコーヒーを飲みながら、ドーナツを食べようとしていたところなんだ。マリエッタが毎朝焼いて、お客用に持ってきてくれるのさ。誰かといっしょに食べるのは楽しいからね。さあ、ちょっと座ろう。朝のうちは客は大勢は来ないよ」

「喜んで」

コーヒーを二杯飲み、シュガードーナツを食べたあと、ジェーンは仕事に取りかかった。彼女はミステリーの本の山を整理し、アルファベット順に並べたが、裏表紙の宣伝文や本の最初のページを読まずにはいられなかった。本の感触、印刷されたページ、すべてがなじみ深く思えるのだが、どうしてなのか、ぴんとくることもなければ、なに一つ思い出すこともない。ジェーンにわかるのは、ここにいるのが好きだということだけだ。そして、ようやく実りあることができるようになったのはとても気分がよかった。

その日は飛ぶように過ぎた。ジェーンはロリーのそばで仕事をし、彼が一時間ほど店を離れなければいけないときには、店をまかされた。

ロリーは子供たちの読書の時間をジェーンにゆだね、子供たちにジェーンを彼の新しい〝読書仲間〟と紹介した。

「おなかがすかないかい？」

「少しね」ジェーンは無意識に答えた。うつむいたまま、読まずにはいられないスリラーに夢中になっている。棚に並べるはずなのに、まだ並べることができないままだ。視線を上げたとき、マックがミステリーセクションにいる彼女のそばに寄りかかり、興味深げに見つめているのが目に入った。「あら、こんばんは」ジェーンはぼんやりと言った。「ここでなにをしているの？」

「もうすぐ八時だよ。ロリーは何時間も前に帰ったし、いちばん年上の孫のジミーがレジを打って、閉店の準備をしているところさ」

「まあ」ジェーンは先ほどロリーにさよならを言ったことを思い出した。彼に家に帰るように言われて、そのつもりだったのだが、スリラーに夢中になってしまったのだ。「時間がわからなくなってしまったわ」

マックはジェーンの手から本をとって閉じると、タイトルに目をやった。「おもしろいのかい？」

「やめられないほどよ」

「おなかがぺこぺこだ。食べに行こう」

ジェーンはびっくりして、マックのあとについてレジに向かった。「まだ食べていないの?」

「そうさ」マックは首を振った。ジェーンは彼女が読んでいた本の代金をマックが支払ってくれていたことを知って、言葉が出ないほど驚いた。マックはにっこりして、その本をジェーンに手渡した。彼女はまばたきをした。

「どうして食べなかったの?」

マックは肩をすくめて、正面のドアに向かった。

「今夜は仕事で遅くなって、ようやく家に戻ったら、君がいなかったので、車で迎えに来たのさ」

マックは堂々とした黄褐色の制服姿で、まっすぐに立ち、ジェーンを見つめている。彼女はマックの銀色のバッジに映っている自分の姿をじっと見ながら、下唇を噛《か》んだ。「家に戻ったら、夕食を作るわね」〝家〟という言葉を口にして、ジェーンの気持ちはまた乱れた。私はクレッセント・ドライブ二七八五を自分の家だと思いはじめているんだわ。


「その必要はないよ。外で食べよう。町でいちばんのところさ」

ジェーンは自分の服に視線を落とした。今日は棚に本を並べたり、段ボール箱を開けたり、床にしゃがんで子供たちが本を選ぶ手伝いをしたりすることになるとわかっていたので、古いジーンズにごく普通のブラウスを着ていた。「家に戻って、着替えたほうがいいかしら?」

マックはにやりとして、ジェーンのウエストに手をあてると、車へとうながした。「とんでもない、ジェーン。まさしくぴったりの服を着ているよ」

「君はまったく臆病《おくびょう》者だな、ジェーン」

ジェーンは〈コロラド・チャックス〉の駐車場にとめた車のうしろに足をぶらぶらさせて座り、紙箱からピクルスとトマトの入ったアスペン・バーガーを食べている。マックはチリとチーズとオニオンとなんだかわからないものを詰めこんだ、山のように大きなハンバーガー、パイクス・ピークのほうを選んだ。間違いなく、より危険な選択だ。その途方もない食べ物を目にして、ジェーンのおなかはぐうぐう鳴った。

「臆病者ではなく、利口なだけよ」ジェーンはマックのハンバーガーを指さした。「家に胃薬があるといいわね」

「僕は鋼鉄の胃袋の持ち主さ」マックはハンバーガーにかぶりついた。

「胃薬が必要になるわよ。もしハンバーガーが大丈夫でも、フライドポテトできっとやられるから」

「なるほどね」マックはフライドポテトを口の中にぽんと入れた。「〈コロラド・チャックス〉のパイクス・ピークを食べないうちは、ウインチェスターを体験したことにはならないよ」彼は頭を振った。

「残念だよ、ジェーン。君は自分が食べ損なっているものがわかっていないんだ」

「たぶん、次のときにはね。つまり……もしここに戻ってきたら……いつか……また」

ハンバーガーを口に持っていきかけたまま、マックは手をとめて、ジェーンをまともに見た。二人はしばらく目を合わせていた。ジェーンはいずれ、おそらく早いうちにウインチェスターを離れるだろうという事実は、をもらした。マックは長々とため息二人の間に不安だらけの深い海のように横たわっている。

ジェーンは喉の塊をぐっとのみこみ、ハンバーガーを小さくかじった。

「イタリアにいくつ、小さな町や村があるか知っているかい?」マックは食事を食べおえ、ナプキンをしわくちゃにしながら言った。「何百もだ」

「すごい」マックが話題を変えてくれてよかったわ。いつか近いうちにウインチェスターを離れることも、あるいはマックと別れることについても考えたくない。でも、一刻も早く記憶を取り戻し、自分自身について知りたい。ジェーンは身動きがとれない、八方ふさがりの状況にいるのを感じた。「わかりきっていたことかもしれないわね。つまり、イタリアの小さな靴屋は見つからなかったということね?」

マックは首を振った。「僕たちはあきらめないよ。だが、その靴屋の名前がわかれば、助かるんだがな。ほかに思いつくことはないかい?」

ジェーンはハンバーガーを食べおわり、フライドポテトを手つかずのまま残したが、ようやくストロベリーシェークで流しこんだ。「いいえ、ごめんなさい。あのブーツのことは何回も何回も考えたのよ。あなたのせいでスティレットヒールと黒い革の夢も見たけれど、なにも思い浮かばなかったわ」

マックは飲んでいたチョコレートシェークを喉につまらせそうになり、アスファルトの駐車場に吐き出した。「参ったな、ジェーン。今夜、スティレットヒールと黒い革の夢を見るのは僕のほうだと思うよ」

ジェーンはふざけてマックの腕をたたいたが、彼の熱いまなざしに手をとめた。彼は冗談を言っているのではない。濃い茶色の目には欲望が燃えあがっている。彼女の体はまたたく間に熱くなった。

唇に押しあてられたマックの唇、体を愛撫《あいぶ》した彼の手、昨日、あのトレーニングベンチの上でおおいかぶさってきた彼の長身で引き締まった体。よみがえってくるその感触で頭がいっぱいになり、心が痛む。ジェーンは紙箱を両方つかみ、車のうしろから飛びおりて、ごみ箱に行き、全部捨てた。

ジェーンが振り返ると、マックは若いブルネットの美人と話をしている。豊かな曲線を持つその女性は、マックが自分のものであるかのように彼の腕に自分の手を置いている。

ジェーンは少しためらってから、きっぱりと心を決め、二人のところにまっすぐに歩いていった。

「こんばんは、ジェーンよ」彼女は手を差し出した。

ジェーンより背の高いその女性はいぶかしげな表情を浮かべて握手した。「ローラよ。私はその……マックの友達なの」

ジェーンはうなずいてほほえんだ。「私もよ」

マックは黙って座ったまま、二人のやりとりを見守り、なにも口出しはしなかった。

「マックとは長い付き合いなのよ」ローラはマックにほほえみかけた。「そうよね、保安官？」

マックは肩をすくめ、シェークをすすった。「まあね。二人とも、ウインチェスターで生まれ育ったから」

「学生時代の仲よしってことね？」ジェーンはそう尋ねたものの、この会話に加わっていることを楽しんでいるわけではなかった。心臓は早鐘のように打ち、深い恐怖感が今の彼女の感覚すべてに影を投げかけていた。ディアリック渓谷で発見されて以来、ジェーンはマックの時間のすべてを拘束している。彼が望んでいたかもしれない、個人的な生活を奪っているのだ。私はマックの義務になっている。私がここにいることで、彼の生活にどんな影響を与えてきたか、考えたこともなかった。

女性は含み笑いをして言った。「学校の友達で、そのあと、ちょっとした仲。そうよね、マック？」頭をかしげた彼女の長いつややかな茶色の髪がマックの肩にかかった。

「ずっと昔のことさ、ローラ」マックはうしろに下がり、車のハッチを上げた。

「おじゃまするつもりはなかったのよ」女性はいきいきした、興味深げな目でマックを見つめている。ジェーンにはその目つきがわかった。たとえ男性が鈍すぎて気づかなくても、別の女性の気のあるそぶりは、女性なら誰にでもわかるのだ。「また会えてうれしかったわ、マック。また会いましょうね」

マックはうなずき、運転席のドアに向かった。

「じゃあな、ローラ」

ジェーンは自分が不作法なふるまいをしてしまったことに呆然《ぼうぜん》となって、静かに席に座り、目を閉じた。「私ったら、ほんとうにあなたのお付き合いに水をさしているわね」

マックは〈コロラド・チャックス〉の駐車場から勢いよく車を出した。彼が自宅の私道に車をとめるまでの短いドライブの間、二人は黙りこんでいた。

ジェーンは車を降りようとした。

「ジェーン、聞いてくれ」

ジェーンはマックのほうを向いた。彼女の目には涙が浮かび、輝いている。彼女は自分の中でぐるぐるまわっている感情すべてを明らかにすることはできなかったが、一つだけわかっていた。ローラにもほかのどの女性にも、マックにつきまとってほしくないのだ。それではまったく筋が通らない。ジェーンはマックになんの権利もないのだから。彼はジェーン以外の、自分の望む女性と誰とでも自由に付き合える。彼はそのことをはっきりさせたが、今夜、彼が本屋に姿を現したとき、ジェーンの理性は働くのをやめ、向こう見ずな考えに夢中になってしまった。

「マック、私がここにいても、あなたの生活にはなんの変化もないと、私を納得させるようなことはしないでちょうだい」

「なにを言っているんだ、ジェーン。君のせいで僕がしないでいることなんてないよ」

「あなたはほんとうにやさしいのね」ジェーンはそっと言った。

マックは荒々しく車を降りて、ドアをばたんと閉めた。「やさしくなんかないさ」

ジェーンも車を降りて、二人いっしょに玄関に続く階段を上がった。「わかった。それなら、あなたはそれほどやさしくないのね。ほんとうに一度もそう思わなかったわ。これで気分がよくなった?」彼女はほほえみながら言った。

マックは足をとめ、唇をすぼめて、目をしばたたいた。「君はほんとうに一度もそう思ったことがないんだね?」

ジェーンが激しく頭を振ったので、髪が頬にあたった。

マックは顔を手でこすった。いらだっているのかとジェーンは恐れたが、ようやく口元を見ることができたとき、その両端は上がっていて、彼は声をあげて笑った。「僕は君をどうしたらいいんだ?」

ジェーンもその笑い声に加わった。不機嫌だったマックを明るい気分にすることができてよかった。それから衝動的に、彼の頬にすばやくキスをした。

「私に話してみてくれる?」

マックは眉を上げた。「なにについて?」

「ローラについてよ。それに、どんなふうに私があなたの生活のじゃまをしていないかについてもね」

ジェーンは玄関の鍵《かぎ》を開けたマックを追い越して、ゆったりとした足取りで進み、両腕を組んで、彼の答えを待った。

マックは一瞬、ジェーンを見つめてから、目をそらし、窓に近づいて、夜の闇《やみ》の中に視線を向けた。

「ローラと僕はただの友達だよ、ジェーン。それだけさ。僕が離婚したあと、しばらくデートしたが、それで終わりだ。おたがいに離れていったんだよ」

「ローラは結婚していないわね」

マックはジェーンのほうを向いた。「していないよ。彼女にかかると、どんな男もおかしくなってしまうんだ。僕は違うけれどね」

ジェーンはくすくす笑った。「それで、ほかの女性はどう、マック？　あなたは誰とも付き合っていないの。あなたにガールフレンドがいないなんて信じられないわ。だって、あなたはとても……」

「付き合いにくい？」マックはジェーンにかわって先を続けた。「それとも、頑固かな？　仕事に打ちこみすぎ？　そのどれでも挙げてくれ」

ジェーンは表情をやわらげて、ソファに腰を下ろし、マックを見あげた。「魅力的だと言うところだったのよ」

マックはソファの反対の端に腰を下ろし、目を輝かせてジェーンを見た。「君はやさしいね。実際、ときたま僕を訪ねてくる女性はいるし、デートもときどきする。けれど、発展性はまったくないよ。僕は永続的な関係を求めてはいないからね。結婚はしたが、僕には合わなかった」

なんてもったいないのかしら。ジェーンは思った。誰かと人生をともにすることを見限るには、あまりにもたくさんのすばらしいところがマックにはあるのに。

「残念だわ」ジェーンは声に出して言った。

「僕は自分の生活に満足しているんだ。どうして女性は皆、僕が望みもしないものに僕を押しこまなければいけないと思うんだ？　それに」彼は身を乗り出し、人さし指をジェーンのほうに向けた。「それは君にもあてはまるよ。君は自分が僕の女性との付き合いをだめにしていると思いこんでいるが、付き合いなんて、まったくないというのが事実さ。だから、その話はもうするな。心配ないよ、ジェーン」

ジェーンはマックにゆっくりほほえみかけて立ちあがった。「そろそろ寝る時間だわ」

彼女はおやすみを言うためにマックに近づいていった。彼はジェーンの前に立ち、彼女の部屋に通じる廊下へ進むのをふさいだ。

「記憶を取り戻す以外のことは、なにも心配するな」マックはそう言って、ジェーンの鼻先に触れた。

彼に触れられたせいで、ジェーンはおかしくなった。今度は彼女がマックの唇にキスをして、自分自身も彼をも驚かせた。マックはうめき声をあげたが、体を引きはしなかった。かわりに、両腕をジェーンにまわし、ゆったりと彼女を抱いて、彼女のするがままにさせた。

ジェーンは二人の唇がふたたび触れ合ったとたん、自分がきわめて困ったことになったのがわかった。彼女はこれを待ち焦がれていたのだ。マックの唇が唇を温め、たがいの体の熱のせいで、二人が自制心を失うのを思い焦がれていたのだ。ジェーンは唇を開き、二人の舌が出合った。

マックはジェーンの体にまわした手に力をこめ、引き寄せた。ジェーンは彼の心臓が自分の心臓と同じ速さで打っているのを感じた。「君にはびっくりさせられることがときどきあるよ、ジェーン」彼は彼女の口元にささやいた。

「自分でもびっくりするわ」ジェーンはささやき返した。

ふたたび二人の唇が重なったちょうどそのとき、リジーが部屋の中にいきなり入ってきた。リジーに見つけられたとたん、二人は唇を離した。「あら、ごめんなさい！」

ジェーンはすぐさまマックから離れ、リジーを見つめた。きまり悪さで、喉元から上に向かって赤くなっていく。

それに対して、リジーはにこにこしている。「よく考えてみると、ごめんなさいではないわ。そろそろいいころよね！」

「リジー」マックはきびしくいさめるように言った。「おまえとちょっと話がある」

「無理よ、兄さん。時間がないわ。朝一番でローリーに出発するんだもの」

「わかった。それなら、空港に行く途中で話をしよう。何時だ？」

リジーはジェーンにほほえみかけた。その目は感謝の気持ちで輝いている。「空港にはもう車で送ってもらうことになっているの。ジェーンが私のために手はずを整えてくれたのよ」

マックはいぶかしげな表情でジェーンを見た。

「君が妹のために手はずを整えたって？　どうやって？　なにをしたんだ？」

「大したことではないわ」ジェーンはマックの言葉を受け流そうとした。

マックはジェーンがはぐらかしたことにいらいらして、リジーのほうを向いた。「誰に空港まで送ってもらうんだ？」

顎を上げ、リジーはマックを気も狂わんばかりに怒らせる可能性のある名前を軽く口にした。「ライル・ブロディ保安官代理よ」


二日後の夜、ジェーンは児童書を棚に並べおえ、読書コーナーを片づけて、レジのところでジミーと合流した。

「全部、終わったよ」ジミーが言った。

「私もよ」

二人は正面入り口に向かい、ジェーンはジミーがしっかりと戸締まりするのを見守った。ジミーは彼女のほうを向いて言った。「ほんとうに家まで送らなくていいのかい？」

「ええ。リッグズ保安官がもうすぐここに来てくれるから」ジェーンは暗くなった道路に目をやって、マックの黒い車をさがした。ときどきパトカーで来ることもあるので、それも見逃さないように目を走らせる。外に車をとめて待っていないのはおかしい。マックは一度も迎えに遅れたことはないのに。「あなたは家に帰ってね、ジミー。私は大丈夫よ」

ジミーは顔をしかめ、頭を振ったが、ジェーンにさらにうながされて、やっと帰ることを承知した。ジェーンは店の外に立って待ったが、まるまる五分たっても、マックが現れないので、歩きはじめた。暑い夏の日もようやく涼しくなり、暖かな風が吹いている。

あの夜、マックはひどく怒り、この二日間、ジェーンは彼のよそよそしくひんやりした影の中で暮らしていた。彼はジェーンがリジーの生活に干渉したことを喜ばず、そっけない態度をとり、冷酷なほどだった。ジェーンはあの夜、リジーが部屋を出ていったとたん、マックの顔に浮かんだ軽蔑《けいべつ》の表情を忘れることができなかった。

「君には関係ないことだ、ジェーン」マックはきびしい口調で言った。「君はなにもわかっていないいんだからな」彼は付け加えた。「僕のことに口をはさむ権利はないのさ」

その最後の言葉が突き刺さり、ジェーンは勇敢にも自己弁護しようとしたものの、マックは耳を貸そうとしなかった。

ジェーンは引きさがるしかなかったが、もう手遅れだった。マックは彼女に距離をおき、さらに二人がゆっくりと育てて、芽ばえつつあった友情も消えてしまった。

マックはこれまで一度もジェーンをじゃま者のような気分にさせたことはなかったが、今では出ていってほしいと思っているに違いない。ドクター・クオールズの誘いを考えたほうがよさそうだ。そろそろマックの家をあとにするときなのかもしれない。記憶が戻るまで、どのくらいかかるかもわからないのだ。

最近になって新たにわかったことはなにもなかった。イタリアのどこか小さな村で作られたオーダーメイドの革のブーツを持っていたこと以外、なにも思い出せない。保安官事務所が取り組んだマスコミ作戦にも大した反響はなかった。

ジェーンがエルクウッド・ストリートの角を曲がったちょうどそのとき、うしろから聞き覚えのあるモーター音が聞こえてきた。

マックはパトカーの速度を落とし、ジェーンに近づいて、窓を下げた。彼女の顔に浮かびかけていた笑みが消えた。「乗って、ジェーン」マックはそれだけ言った。顔をひどくしかめていて、ハンサムな顔がだいなしだ。

ジェーンは急いで助手席側にまわり、すっと乗りこんだが、ようすが変だと気づき、すぐさまマックのほうを向いた。彼の顔は血まみれで、傷を負っている。そして、彼は片手を胸にあてていた。ジェーンは恐怖に震えた。「マック、怪我《けが》をしているじゃない」

車を発進させ、マックはこれまでになくゆっくりとうなずいたが、その動きのせいで、さらに顔をしかめた。「悪党どもが〈サリーズ〉の略奪をはかったんだ。突入して、やつらをたたきのめしてやらなければいけなかったのさ」

ジェーンの頭は混乱し、マックの傷がどの程度なのかしか考えられなかった。彼はまだ手で胸を押さえたまま、離そうとしない。顔の切り傷からは血がたれている。「どこを怪我したの?」

「おそらく、肋骨《ろっこつ》を数本、やられたかな。二、三箇所、切り傷とすり傷がある。それだけさ」

「それだけですって?」マックがどんな痛みであろうと、痛い思いをしているのを見るのは耐えられない。「病院に行かなくてはいけないわ、マック」

「まさか、ジェーン。僕は大丈夫だ」

「大丈夫には見えないわよ」ジェーンは声を張りあげた。「トラックに轢《ひ》かれたように見えるわ」

「それはありがとう。心づかいに感謝するよ」

「本気で言っているのよ、マック。現場には何人いたの？　それに、いったい〈サリーズ〉ってどんなところ？」

「六人くらいかな。食堂兼バーさ」マックはきびきびした口調で答えた。ジェーンは彼が打撲傷を負ったのではなく、肋骨を折ったのではないかと心配だった。

「相手は六人だとして、こちらは何人だったの？」

「二人だ。援護が来るまではね」

ジェーンの心臓は激しく打った。今夜にいたるまで、マックの仕事のこと、危険や不測の事態について、あまり考えたことがなかった。ウインチェスターは小さい静かな町だ。だが、痛みをこらえ、どうにか車を運転しているマックを目にして、彼の仕事の現実が過酷で容赦ないほどの力で彼女に襲いかかってくる。保安官を仕事にしているほかの人とまったく同様、マックは毎日、命を危険にさらしているのだ。そのとき、ジェーンは彼のシャツの袖《そで》がまくりあげてあるのに気づいた。「腕に包帯が巻かれているようね。どうしたの？」

「ただの切り傷だ」

「切り傷ですって？　誰かにナイフで襲われたということ？」

マックはうなずいた。「凶器で襲われた。手当てはしてもらったよ。救護班が応急手当てをしてくれたんだ」

ジェーンははっとした。まあ、大変。マックは今夜、殺されていたかもしれないのだ。そう思うと、彼女はおかしくなりそうだった。マックに対する感情は思っていた以上に深くなっていた。「どうして救護班はあなたを病院へ連れていかなかったのかしら？」

マックは肩を軽くすくめるように上げると、自宅の私道に入っていった。そのとき、ジェーンはぴんときた。救護員たちはもしマックが拒絶しなければ、彼を病院に連れていったはずだ。だが、彼はそうするかわりに、パトカーでジェーンを迎えにエルクウッド・ストリートに現れたのだ。「僕は大丈夫だよ、ジェーン」マックはエンジンを切り、車の外に出た。

ジェーンは急いで運転席側のドアのほうにまわった。マックは車から離れたが、そのとき、かすかに身をかがめていた。

「私に寄りかかって」ジェーンはマックの体を自分の体で支えながら、きっぱりと言った。

マックは唇をすぼめたが、ジェーンがこれ以上ないほど頑固そうな表情を向けると、ようやくうなずき、彼女の肩に怪我をしていないほうの腕をまわした。ジェーンはできる限り、マックの重みを支えた。

二人いっしょにゆっくりと玄関に向かい、マックはジェーンに鍵を手渡した。彼女は錠を開け、中に入ると、マックを彼のベッドルームに連れていった。

ジェーンはマックがベッドに腰を下ろすのに手を貸した。彼は深呼吸しながら、時間をかけて座った。

「頭がぐるぐるまわっているの？」ジェーンは尋ねた。

マックは苦笑をもらした。「そうとも言えるね。君を僕のベッドルームに連れこむ方法をあれこれ思い描いてきたが、これは考えもしなかったな」

ジェーンはマックが本気で認めたことがうれしくて、ほほえんだ。「横になってちょうだい、保安官」

マックはその言葉に従い、ベッドに頭をのせ、長い脚を伸ばして、目を閉じた。ジェーンは枕《まくら》をぽんぽんたたいて、マックの体の下に差し入れた。

枕を最後に一回たたくと、ジェーンはマックを見おろすようにして立ち、彼を見つめた。「私があなたのベッドルームに入りたいと思っていた方法ともまるで違うわ」

マックは片目を開け、ジェーンをじっと見たが、彼女はきまり悪さが入りこむすきを与えまいと、態度を変えなかった。

「さあ、じっとしていてね。額からまた血が出ているわ。すぐに戻るから」

マックのうめき声に合わせて、ジェーンは部屋を出た。あのうめき声は痛みのせいではなく、彼女が口にしたことのせいだとわかっていた。少なくとも、マックに気持ちがはっきりと伝わったのだ。ジェーンはマックが欲しかったが、今夜、彼女はさらに強い気持ちに気づいた。マックが殴られ、痛めつけられて、ひどい痛みを味わっているのを見て、自分の感情をこれ以上否定することはできないとわかったのだ。彼を失うことは、またもう一度、自分自身を失うことになるだろう。ジェーンはマックにすっかり恋してしまったのだ。

重々しくため息をつきながら、ジェーンはバスルームから救急箱をつかみ、ほかに必要なものも集めて、マックの部屋に戻った。マックはベッドの上にジェーンが寝かせたとおりに横たわり、目を大きく開き、彼女を見つめている。

ジェーンはすばやくマックに近づいて、頭の傷にそっと触れ、目の上の切り傷に消毒薬をつけた。

「ごめんなさい。しみるわよ」

マックは大丈夫と低い声で答えた。

「肋骨が折れているんじゃないかしら」

「それはないね。アメリカンフットボールでクオーターバックをやっていたとき、肋骨を折ったことがあるから、違いはわかる。打撲しただけさ」

「服は自分で脱げる？　それとも、私に脱がせてほしい？」

マックはゆがんだ笑みをジェーンに向けた。「君にやってもらうよ」

ジェーンはふんと鼻を鳴らした。「笑いごとじゃないのよ、マック。あなたのせいで、震えあがったわ。あなたが血だらけで傷を負い、車のハンドルにぐったりともたれかかっているのを見て、心臓麻痺《まひ》を起こすところだったのよ」

「すまない、ジェーン」マックはジェーンの手に手を伸ばし、彼女は握られるままにした。マックは親指でそっと彼女のてのひらを撫《な》で、体中に鳥肌を立たせる。「ほんとうはウインチェスターは静かな町で、このあたりでは、たいして胸を躍らせることはないんだけどね」マックは一瞬、目を閉じて、顔をしかめた。彼が必死に痛みを隠そうとしているのに、ジェーンは気づいた。「だが、六月は異常な月だった。まず、記憶を失った美しい女性が僕の家に舞いおり、次にトラブルを起こそうとほかの町からやってきた連中との喧嘩《けんか》騒ぎ」

「盗んだ車をおもしろ半分に乗りまわし、湖に捨てた人たちのことも忘れないで」

「それもあったな。だが、たいていは僕の仕事は決まりきったことなんだ。このところ、ウインチェスターは奇妙だな。さて、君が僕の服を脱がせてくれるんじゃなかったかな？」

ジェーンは口元をゆがめた。「不当につけこんでいない、保安官？」

「やさしい看護をほんの少し必要としているだけさ、ジェーン」マックは声を落とし、唇をジェーンのてのひらに近づけ、そこにキスをした。「君からのね」

そのキスで、ジェーンの心臓はとまりそうになった。マックの唇の湿り気が彼女の肌に染みこんでいく。ジェーンはマックに握られていた手をしぶしぶ引き抜き、彼の制服のシャツのボタンにその手を伸ばした。慎重に一つ一つボタンをはずして、シャツをそっと肩から脱がせる。胸の傷や腕の包帯を間近に見て、顔がゆがみそうになるのをなんとかこらえた。

それから水の入ったボウルにタオルをひたして、

マックの熱を持った肌を冷やし、指でゆっくりと胸を愛撫した。衝動に駆られ、彼女はかがみこんで、大きめの傷の一つに軽くキスをした。マックは怪我をしていないほうの腕を上げ、彼女の頭を撫で、髪を指でといた。そしてジェーンの顔を上向かせ、前かがみになって、自分の求めていることを彼女に示した。二人の唇は一瞬、触れ合った。甘い、癒《いや》すようなキスに、ジェーンは有頂天になり、マックはほほえんだ。「君のやさしい介護はすばらしいね」

ジェーンは体を引き、立ちあがって、ベッドの端に向かった。マックのブーツを見て、たじろいだ表情を浮かべたが、息を吸いこみ、気持ちを落ち着けると、ブーツを引っ張り、うなった。ようやく片方のブーツとソックスを脱がせられた。「これはあまりやさしい介護ではなかったわね」

「文句は言わないよ」

もう片方のブーツは最初のより楽に脱げ、ジェーンは満足感がこみあげるのを感じた。彼女はマックが胸をはだけて、横になっているところに近づいた。彼は無防備でありながら、同時にセクシーに見える。

「ズボンはどうにか脱げる?」ジェーンは息を殺して、尋ねた。

マックは前にかがもうとしたが、苦痛でうめきそうになるのをこらえ、枕に頭を下ろした。「できそうもないな」

「わかったわ」ジェーンはマックのベルトに手を伸ばし、フックをはずして、ファスナーに手をすべらせた。彼の体が高まっているのは見逃しようがない。

「マック、あなたは怪我をしているんだと思っていたわ」

彼はいたずらっ子のような笑みを抑えようともしない。「ウエストの下は無傷だよ」

ジェーンはじっと彼を見おろした。

「そこに触れられたら、僕は自分の行動に責任が持てなくなるな」

ジェーンはごくりと唾《つば》をのみこんだ。「それは誘い？　それとも警告なの？」

「両方さ」マックの目のからかうような輝きは今は消え、熱いまなざしがジェーンをつらぬき、体中を温める。「無茶だよ。僕たち二人ともが望んでいることを否定するのは」

どうやらマックも自分自身に否定してきたことをふるいにかけて、真実を見つけ出したようだ。「わかっているわ」ジェーンはささやいた。

ジェーンはマックのファスナーに手を伸ばした。

8

ジェーンがゆっくりとファスナーを下ろしていくと、マックの気持ちを示すように、彼の体はさらに高まった。それはジェーンだけが満足させることのできるものだった。

マックはジェーンが苦もなくズボンを下ろすのを見守った。「君の服を脱がせることができればいいのにな」彼はそっと言った。

ジェーンは唇をかすかに開き、ほほえむと、マックのズボンを足元に落とし、ためらうことなくタンクトップを脱いだ。

マックは息を吸いこんだ。「すごい」彼はジェーンの胸の谷間で月の光を受けているネックレスを見つめた。彼女はマックがあげたそのネックレスを毎日つけている。マックは誇りと、ジェーンは自分のものだという気持ちがかきたてられるのを感じた。

ジェーンはマックのそばに立ち、体をかがめた。

「私のホックをはずすことはできるわよ」

マックはブラジャーをはずそうとして、ジェーンの背中に手を伸ばした。彼が軽く引っ張ると、白いコットンのブラジャーが彼の手から落ちた。豊かな胸のふくらみがこぼれるように現れ、マックはうめき声をもらした。「君には参ったよ、ジェーン」

ジェーンはかがんでキスをしたが、マックは彼女の腰をつかみ、ベッドに引き寄せて、腿の上に彼女の体をのせた。ジェーンは脚を広げて、マックにまたがった。しかし、彼は肌と肌とで彼女を感じたくて、胸のふくらみが自分の胸にのるまで彼女の体を引き寄せた。

マックの唇は駆りたてられるようにジェーンの唇を求め、長く熱いキスが続いた。彼の舌は彼女の口の中に入りこみ、相手をさがし、見つけ出し、熱く戯れ合った。マックは両手でジェーンのやわらかな金髪を撫《な》で、指で髪を引っ張ったり放したりした。

胸に押しつけられている、ふくらみの感触。ジェーンがもらす低いかすかな声、そして彼女が示す大胆なまでの熱い思いは持て余すほどだった。マックの欲望はこれ以上ないほど高まった。

ようやくジェーンはわずかに体を離した。息づかいがマックと同様、激しい。「あなたの胸をつぶしていたわ。痛かったでしょう」

マックは頭を振った。「痛いのは、君が僕から離れたときだけさ」

ジェーンは納得できずに唇を噛《か》んだ。

「ほんとうだよ、スイートハート。痛くないから」

ジェーンはまた体を戻した。マックは自分の人生でこれほど心地よいものはないと実感した。

マックはもう一度深いキスをしてから、ジェーンのウエストのあたりをつかんで軽々と持ちあげ、彼女の胸の先に舌を触れた。

「ああ、マック」ジェーンはうめき声をあげた。マックは胸のふくらみを手で包みこみ、薔薇《ばら》色の先端に舌を這《は》わせる。

ジェーンの喜びに満ちた長いうめき声で、マックは瀬戸際まで追いつめられた。「君の中に入りたい、ジェーン」彼はあえぐように言った。その声は欲望でかすれている。

マックはジェーンのジーンズに手を伸ばし、ぎこちない手つきでファスナーを下ろそうとした。彼女はそれに手を貸し、腰を激しく振って、ジーンズを脱ぐと、マックが下着を脱ぐのを手伝った。それから腰をくねらせて自分のパンティを下ろした。

「ナイトテーブルに避妊具があるからとってくれ」

そこにまだいくつか残っているといいのだが。マックは祈るような気持ちで思った。ずいぶん久しぶりのことだから。

ジェーンが一つ手にしたのを見て、マックは声に出さずにほっとため息をつくと、すばやくつけた。

マックはジェーンのウエストをつかんで、彼女の体を自分の上に下ろしてくると、体を一つにした。

マックを受け入れたジェーンは目を閉じ、濡《ぬ》れた唇を開き、その瞬間をじっくり味わうかのように、頭をのけぞらせた。マックはこれまで、これほど美しいものを見たことがなかった。このセクシーで神秘的な女性が自分の上でゆっくりと動くのを見ていると、浮きたつような、強烈な感覚に見舞われる。

二人は同時に、リズムに合わせて、体を動かした。勢いがどんどんエスカレートしていくにつれ、ジェーンはあえぐような息をもらし、マックはさらに力強く動いた。

マックはジェーンの胸のふくらみに手を伸ばして

愛撫《あいぶ》し、親指で胸の先をこすった。ついにジェーンは歯をきしらせて、彼の名を口にした。ジェーンが二人の欲望の波に乗るのを見つめていたマックは、彼女の一心不乱な表情を目にして、新鮮な喜びを覚えた。その波は上に下に、より速く、より激しく動く。彼はジェーンの手をつかみ、ありとあらゆるやり方で指をからみ合わせた。

ジェーンが体を震わすのをマックは感じ取った。彼女は彼の名前を口にしながら、うめき声をもらし、懇願する。それはマックにこのうえない満足感を与えた。「ああ、マック」

マックが最後に一回、より深く突き進むと、ジェーンは崩れ落ち、二人とも相前後して激しく身を震わせた。

息を切らして、横たわっているマックの体の上にはジェーンがいる。

二人はたがいの目の中を見つめていた。

時計が時を刻んでいくが、どちらも口を開かない。ジェーンは少し呆然《ぼうぜん》としているようだ。

マックも同じだ。

ようやくマックは唇の端を上げ、にやりと気取った笑みを浮かべた。

ジェーンも笑みを返した。

それから、マックはジェーンに深くキスをした。

「待った価値があったよ」

ジェーンは体をするりとわきに下ろし、マックのそばに身をまるめ、彼の首に両腕をまわした。「ああ、こんなにすてきだと初めて知ったわ」

マックは深々と息を吸いこんだ。「それは君にははっきりとはわからないことだよ」

「あら、わかると思うわ、マック」

ジェーンの記憶はいつ、どんなときでも戻る可能性があるんだぞ。マックはそう自分に念を押したが、遅すぎた。ジェーンのこととなると、理性的に考えられないのだ。今夜以降はもう二度と。

人生で今回だけ、運命が自分に味方することにマックは賭《か》けた。それ以上は考えられなかった。考えたくなかった。今回はいちかばちかの賭《かけ》をしよう。

ジェーンは危険を冒す価値がある。

ベーコンがフライパンでじゅうじゅう音をたて、卵がゆだっている。ジェーンはキッチンの窓から外を見つめていた。彼女の体は、昨夜マックと愛し合ったせいで、活気がみなぎっている。少し前、必要な休息をとらせるために、ジェーンは彼を残してベッドを出てきたが、そのとき、彼は力強く安定した呼吸をしていた。

マックが起きてきて、昨夜は間違いを犯してしまったと言いませんように、とジェーンは祈った。そんなことになったら、心に受ける打撃には耐えられない。

そう思ったちょうどそのとき、マックがジェーンのうしろに近づき、ウエストに両手をまわして、自分の体にぐっと引き寄せた。ジェーンはマックに寄りかかり、彼の喉のちょうど下に頭をあてた。

「おはよう」マックはジェーンの耳たぶをそっと噛んだ。彼の唇は温かく、誘いかけてくる。

「あら、マック」ジェーンは自分の体にまわされた彼の腕の感触をふたたび楽しみながら、そっと応じた。「いい朝ね」

「最高だよ」マックはやさしく言った。

ジェーンはマックの腕の中でくるりと振り向いて、彼の顔を見た。青みがかった紫色の痣《あざ》は、日の光の中で、より痛々しく、めだって見えるが、彼の目は温かく、感情をこめて、ジェーンの目を見つめている。ジェーンは手を伸ばして、こめかみのすぐ上の痣のまわりをそっとなぞった。「今朝はどんな具合？」

「とってもいい気分だよ、スイートハート」

「ほんとうに？　ゆうべ、怪我《けが》したあとだから、痛くて目が覚めたかと思ったわ。胸はどう？　私になにかできることは――」

マックはかがんでキスをして、ジェーンの言葉をさえぎった。「大丈夫さ」彼はそう言って、キスを終わらせ、一歩うしろに下がり、ため息をついて顎をこすった。「今朝、君がベッドにいなくて、寂しかったよ」

「あなたに朝食を作りたかったの。あなたには栄養が必要だわ、マック。特にゆうべのあとではね」

マックはジェーンにゆがんだ笑みを向けた。「僕はよく頑張ったと思うよ。君のほうだからな、二回目を求めなかったのは――」

「マック！」ジェーンはびっくりした。二人が愛を交わすことに対して、マックがこんなにあけっぴろげで熱心だなんて信じられない。彼女は怪我をしたマックを疲れさせたくなかったのだ。彼を拒むのはむずかしかったし、ジェーンももう一度彼が欲しかったが、体の状態が心配だった。「私はゆうべ、あなたが殴り合ったことを言っていたのよ」

マックは声をあげて笑い、くるりと振り向いて、ガスレンジのスイッチをまわした。「心づかいに感謝するよ。でも、朝食は次回にさせてもらうしかないな。事務所に遅刻しそうだからね。報告書を書かなければいけないんだ」

ジェーンは失望を隠した。「わかったわ」

「今日は本屋に行くのかい？」

ジェーンはうなずいた。「その予定よ」

「午後は休みがとれるかな？」

「もちろん。私になにかできることがあるの？　私の事件に関すること？」

マックは首を振った。「いや、そういうことではないよ。報告書を仕上げたあと、休みをとるつもりなんだ。君に見せたい場所があってね。いっしょに来ないか？」

「ぜひ行きたいわ」

「よし、あとで本屋に迎えに行くよ。そうだ、おしゃれな服ではなく、着やすい服装で、あのブーツははいてこないでくれ。僕たちが行くところでは、ブーツがだめになるから」


「これがすべてあなたのものなの？」ジェーンは日干し煉瓦《れんが》造りの美しい家を取り囲む土地を見まわしている。マックは町から三十二キロほど車を走らせ、岩石丘《メサ》の緑に青々とおおわれた側へやってきた。パイクス・ピークが遠くに見える。

「このおよそ二十エーカーが僕の土地さ」マックは答えた。ジェーンは彼の声にはっきりと誇りがこもっているのを聞き逃さなかった。「ここは僕が買ったときは無惨な状態だった。家は荒れ放題、土地建物は抵当流れになっていた」

「買ったのはいつごろなの？」ジェーンはマックの生活のこの新しい一面を知り、いまだにひどく呆然としていた。彼は個人としての考えを持ち、自分の殻に閉じこもる人だ。その彼がこのことをジェーンに知らせたいと思ったという事実は、まさに劇的だった。

「八年ぐらい前かな。暇なときに家の修理に取り組んでいるんだ」

八年ですって？　マックが離婚してからの長さとほぼ同じだ。結婚が失敗したあと、なにかもう一度成し遂げるもの、自分自身でなにか作りあげるものが必要だったのではないだろうか。おそらく、家の修理や修繕をすることは、マックにとって、一種の治療になっていたのだろう。

「すてきだわ」

マックは含み笑いをして、ジェーンを前へと導いた。「それを言うのは、間近で見るまで待ってくれ」

マックはジェーンを家の中に案内した。彼女が足を踏み入れたとたん、どっしりとした牧場の家はたちまち居心地のよい隠れ家となった。「まだたくさん修理しなければいけないところがあるんだ。しかし――」

「しかしはなしよ、マック」ジェーンはゆっくりと歩きまわり、石造りのの暖炉や木の梁《はり》の天井、感じのよい居間の空間、外の牧草地を見渡せる大きな出窓に目をとめた。「これって信じられないわ」

ジェーンはマックのほうを向いた。彼は深々と息を吐き出して、笑みを浮かべた。「気にいってくれてうれしいよ」

「とても気にいったわ。いつ、ここに来る時間があるの？」

「仕事のない週末や休暇のときさ。夕方、ちょっと立ち寄ることができないほど遠くもないしね。デュークとデイジー・メイが寂しがるときがあるからな」

ジェーンは問いかけるように眉を上げた。

「僕の馬だよ。デュークは僕ので、デイジー・メイはリジーのために買ったんだ。隣人の娘のアンジーを雇って、僕がここに泊まれないときに、餌《えさ》をやったり、乗ってもらったりしている。アンジーは馬の扱いがほんとうに上手なんだ。今日、乗ってみたいと思わないかい？　乗馬のやり方は知っているかな？」

ジェーンはわからずに、一瞬、考えた。「知らないと思うわ。でも、ぜひ教えてちょうだい」

マックはほほえんだ。

感きわまって、ジェーンは彼に近づいた。「私をここに連れてきてくれて、ありがとう。すてきなおうちね。ひとめぐりしたいわ」そう言うと、マックの首に腕をまわし、自分の背の高さまで、彼を引きって、言った。「君のすべてが知りたいんだ」

ジェーンはマックの前に立ち、午後の光が影の中にたたずむ彼に差し、力強い顎の線と、黒っぽい真剣な目を際だたせているのを見つめた。服をすっかり脱がされてしまうと、ジェーンはマックに手を伸ばし、シャツのボタンをはずしはじめた。

「だめだ。まだだよ」マックはジェーンの肩をつかんで、くるりとまわし、彼女のヒップを自分の腿の付け根に、彼女の背中を自分の胸に引き寄せた。そして片手で彼女の髪を片方に寄せると、首をそっと噛み、軽くキスをしながら、もう片方の手でヒップをつかみ、彼女の体をしっかりと固定した。「力を抜いて、ジェーン」マックはかすれた声でささやいた。

ジェーンの胸は高鳴っている。力を抜くなんて不可能だわ。彼女のやわらかな肌はマックのごわごわしたジーンズに押しつけられ、彼の熱い高まりを感おろした。マックはキスされるのだろうと思っていたが、彼女に口元でこうささやかれて、驚いた。

「あなたのベッドルームで終わるひとめぐりにしましょう、マック。馬たちは待っていてくれると思う？」

マックはジェーンを引き寄せ、長く激しいキスをして、彼女の息を奪った。「馬にはにんじんをよけいにやろう」

今度はマックがジェーンの服を脱がせた。彼はたっぷりと楽しい時間をかけ、一枚一枚、はぐように進めていく。ジェーンの体に熱い炎がゆっくりと広がる。マックはジェーンに触れ、愛撫し、彼女が叫び声をあげたくなるほど、急がずにじっくりとキスをした。

「僕にしびれを切らさないでくれ」マックはシーダー材とオーク材の大きな天蓋《てんがい》付きベッドのそばに立

じる。ジェーンが息を大きく吸いこむと、マックの酔わせるような麝香《じやこう》の香りが彼女を包みこんだ。

「マック」ジェーンはつぶやいたが、ほかの言葉が出てこない。言葉はなにも必要なかった。

マックの手はジェーンの胸に伸び、彼の愛撫を待ちかねてうずいている二つのまるいふくらみをやさしく、崇《あが》めるかのように撫でた。彼はささやきかけた。「君は非の打ちどころがないよ、スイートハート」

マックの愛撫を受け、ジェーンの脚はがっくりと崩れそうになり、体の力は抜けていき、彼女はマックに寄りかかって、体を弓なりにした。マックはうめき声をもらし、ジェーンをつかんでいる手に力をこめ、彼女の肌をさらに激しくこすった。

マックは両手を広げ、指でジェーンの体をくまなくさぐった。片方のてのひらを彼女の腹部にあて、もう片方の手を下へとすべらせていく。ジェーンは腿の間が焼けつくように熱くなるのを感じた。ひりひりするほどの熱さが体中を駆けめぐり、ついに感じやすい部分をマックの手で包みこまれると、小さなあえぎ声をもらした。

マックはジェーンの首筋にもう一度キスをして、肌に舌を這わせながら、愛撫しつづけた。彼女の体は本能的に動き、愛撫が続く中、二人の体はいっしょにゆれ動く。マックの指はジェーンの肌を開き、彼女の中心を見つけた。火花が飛び、彼女の体は彼の愛撫のリズムをとらえた。ジェーンは逆らわず、頂へとみずからを進むままにさせ、考えることも、恥じ入ることもなく体を動かした。マックはうしろから甘いセクシーな言葉をかけて、彼女をうながした。その言葉を、ジェーンは耳で聞くより、むしろ肌で感じていた。

ジェーンにクライマックスが訪れ、彼女は粉々に砕けた。あらゆる感覚が活気と激しさを増す。彼女の歓喜は強く高まっていったが、マックに感じている愛は心の中でさらに深くなっていった。

ジェーンはマックのほうに倒れこみ、彼の腕に抱かれているうちに、ゆっくりと立ち直った。

外では、木々がかさかさと音をたて、小鳥がちっちっと鳴いているが、ジェーンには自分の心臓の鼓動しか聞こえなかった。

マックは一言も言わずにジェーンを抱きしめたまま、彼女がこの時間を必要としているのがわかっているかのように辛抱強く待った。そしてジェーンは用意が整ったとき、マックのほうに顔を向けた。

マックの鋭くなった視線がジェーンに向けられる。茶色の瞳は黒に近くなり、無防備であけっぴろげな表情が浮かんでいる。「私の中に入ってほしいの」ジェーンは、昨夜マックが彼女に言ったのと同じ言葉をささやいた。

マックは笑みを浮かべ、ポケットに手を突っこむと避妊具を一握り取り出して、ナイトテーブルの上に投げた。ジェーンはちらりと見て、にっこりした。

マックはベッドの上に横になって待っているジェーンの目の前に来て、服を脱ぎ、彼女のそばに体を横たえた。

「あなたのすべてを知りたいわ」ジェーンはマックに手を伸ばしながら、大胆にも言った。

ジェーンに大切な部分を触れられ、マックはうめき声をあげた。「知識欲の旺盛《おうせい》な女性は好きだな」

「ほんとうに？」ジェーンの声もかすれている。彼女は情け容赦なく、彼を愛撫した。「それなら、くつろいで楽しんでね、マック。なぜなら、私は学びたいことがたくさんあるから」

9

ジェーンはデイジー・メイのたてがみを撫《な》でていた。粗いたてがみが彼女のてのひらの下ですべっていく。「こんにちは、デイジー・メイ。なんてきれいな馬なのかしら」

デイジー・メイはそれに応《こた》えて、鼻をすり寄せた。馬小屋の中から夕暮れ近くの戸外に出て、うれしそうだ。

「気をつけて」マックは声をかけた。「性格はいいけれど、君のことをまだ知らないからね」

ジェーンはほほえんだ。「友達になれると思うわ」

マックは一瞬、ジェーンを見つめてからうなずいた。「その馬は栗毛《くりげ》の短距離競走馬《クオーターホース》だよ」

ジェーンはマックのそばで、ときおり、注意を引くために彼を軽くつついている漆黒の馬に視線を向けた。「デュークはどうなの?」

「デュークは去勢したクォーターホースで、すばらしい馬さ」マックは馬の鼻面を、ちょうど一時間前、ジェーンと愛を交わしたときと同じようにやさしく撫でた。「乗ってみるかい?」彼はジェーンの右手の放牧場に置かれた二つの鞍《くら》のほうを手で示した。

「もちろん。あなたがゆっくり進んでくれるのならね」

マックはうなずいて、ジェーンにセクシーな笑みを向けた。「おやすいご用さ」

ジェーンの首筋が熱くなっていく。彼女はマックがとても上手にゆっくりと進めることができるのを思い出した。「それならいいわ」

マックは二頭の馬に鞍をのせ、ジェーンに手短に指示を与えた。「左側から乗って、手綱をゆるく持つんだ。だが、デイジー・メイに君が主人であることがわかるぐらいの張りは必要だよ」彼はジェーンの腿の上のほうに手をすべらせた。ちょっと触られるだけで、彼女の鼓動は速くなる。「体のこの部分を使って、寄りかかり、どちらの方向に曲がりたいのか、デイジー・メイに知らせるんだ。馬はボディランゲージを理解するからね。手綱だけに頼りすぎるな」

ジェーンはマックの黒っぽい瞳をのぞきこむように見あげて、うなずいた。「いいわ。わかったと思う」

マックはジェーンが馬に乗るのに手を貸し、彼女に手綱を手渡して、見あげた。「君が不安がっていることをデイジー・メイにわからせないように。自信を持って乗るんだ」

ジェーンはこらえていた息を吐き出した。よくはわからないが、馬に乗るのはこれが初めてのはずだ。

「あなたを信じているわ、マック」

マックの眉が上がり、なにか力強いものが彼の目の中でぱっときらめいた。「よし、行こう」

マックはデュークに乗り、先導した。デイジー・メイはジェーンの助けはいっさい受けずに、デュークのあとについてきているようだ。ほどなくジェーンは自分が馬に乗っていることを忘れて、景色を楽しみ、マックが土地やこの一帯の歴史について話すのに聞き惚《ほ》れた。二人が馬に乗ってマックの所有地の周辺を進むうちに、太陽は山並みの向こうに沈みはじめた。

マックは夕暮れ前に馬を家に戻した。ジェーンは馬の寝支度を手伝いたいと言って聞かなかった。彼女は革の柄のついたボディブラシでデイジー・メイをブラッシングしたが、デイジー・メイは彼女のおぼつかない手つきを気にかけるようすはなかった。

ジェーンはマックに負けまいと懸命に働き、ブラッシングのあとは細心の注意を払って、デイジー・メイの目と鼻をスポンジでふき、きれいにして、洗い流してやった。

「感心したよ」マックは家に入りながら言った。

「ほんとう?」

マックはうなずいた。「リジーは馬の手入れが大嫌いなんだ。特にデイジー・メイのしっぽに水をかけてきれいにするのがね」

ジェーンは笑って答えた。「どうしてかわかるわ。うしろは危険だもの」

マックもくすくす笑って、ジェーンの体に両手をまわし、背中で両手を組んで、彼女を動けなくした。

「ずいぶん汚れたね、ジェーン。シャワーを浴びないといけないよ」

「あなたもひどいありさまだわ、マック」ジェーンは鼻をひくひくさせた。「あなたからにおってくるのは馬の糞《ふん》のにおいかしら?」

「シャワーは一つしかないよ」マックは目を輝かせて言った。

「それでじゅうぶんだわ」

二人はバスルームに着くまでに服を脱ぎ捨てた。マックが先に入り、湯の温度を調節する。「入ってきて、大丈夫だよ」

ジェーンは中に入ったが、マックの大柄で筋骨隆々とした体だけでスペースがほぼいっぱいなのに気づいた。「これはとても大丈夫とは言えないわね」湯が降り注ぐ中、マックを見つめて、彼女は息をのんだ。

マックはなにも答えずに、石鹸《せっけん》を手にとり、ジェーンの体中に石鹸で泡を立てはじめた。彼女の肌にあたる彼のてのひらはなめらかで、同時に少しざらついている。マックがあらゆるところに触れるたびに、ジェーンの体の中をむきだしの欲望がさざなみのように伝わっていった。

湯が雨のように降り注ぎ、湯気を立てて、窓ガラスが曇る。私たちは熱情の雲にすっぽり包まれてしまったに違いないとジェーンは思った。

マックは石鹸をつけおわると、今度はジェーンの番だと言って、彼女に手渡した。

ジェーンは石鹸をつかみ、マックの並はずれてがっしりとした胸が泡だらけになるまで、両手で小さな泡を広げていった。彼女は手を胸のあちこちに這《は》わせた。

二人ともマックの欲望の高まりを無視することはできなかったが、ジェーンは彼に石鹸をつけつづけた。彼の力強い腿に石鹸を泡立て、かがんで、ふくらはぎにもつける。彼の硬く、引き締まったところに、ジェーンの手が伸びたときには、マックの口から低いうめき声がもれた。

だが、ジェーンの作業はすっかり終わったわけではなかった。マックの体をくるりとまわして、広い肩をマッサージし、背中に石鹸を泡立てた。ジェーンが続けるにつれて、柑橘《かんきつ》系の香りがバスルームに満ちていく。ジェーンは下へと手を動かし、マックのヒップを愛撫《あいぶ》して、深々と息を吸いこんだ。だが、彼女がすべてを終える前に、マックは頭を振りながら、いきなりくるりと向きを変えた。「これ以上我慢できないよ、スイートハート」

ジェーンはあえて下のほうに目をやり、うなずいた。マックはかがんでジェーンの唇にキスをし、舌でさぐった。飢えたキスはさらなる愛撫につながり、二人をよりいっそう駆りたてる。ついにマックはジェーンをタイルの壁に巧みに押しつけた。湯が絶え間なく降り注ぐシャワーの下から出て、彼はジェーンを持ちあげ、いっきに彼女の中に入った。

「ああ、マック」ジェーンはマックの肩をつかみ、両脚を彼の体に巻きつけて、叫んだ。

「そうだ、ベイビー」マックはかすれた声で言うと、ジェーンの背後にまわした手で彼女を駆りたて、二人はともに熱いうねりに身をゆだねた。

ジェーンは目を閉じ、胸を高鳴らせながら、なめらかな二人の体の感覚や熱気や湯気に酔いしれ、めまいすら感じていた。そしてほかのことは考えもせず、マックがぐっと体を押しつけてくるたびに応じていたが、ふとあるやっかいなことが気にかかり、動きをとめて、目を開けた。「マック、待って」

マックはぱっと動きをとめた。彼の目は欲望で黒ずんではいるが、いったいなにごとだと尋ねるように大きく見開かれている。

「どうしたんだ?」

「避妊具がないわ」ジェーンは苦しそうな息づかいで答えた。

マックは一瞬、表情をこわばらせ、考えこんだが、肩をすくめて言った。「かまわないさ」彼は子供ができることを問題だとは思っていないようだ。彼がすぐさまそう認めたことで、二人の関係は夏の間のかりそめの情事以上のものであるとジェーンは感じ取った。それがわかっただけで、彼女の心は舞いあがり、心配は消えた。もう一つの生活がどんなものであろうと、これから先、マックは彼女の人生に欠かせないとわかったのだ。

「ほんとうに?」ジェーンは念を押した。

マックは頭を振った。「僕はかまわないよ。そのことを知っておいてもらいたい。だが、君の言うとおりだ。君は手に負えないことに巻きこまれる余裕はない。君にはどこかに別の生活があるんだ、ジェーン。それに、君を守るのが僕の仕事だよ」

「ジェーンはマックをさらに引き寄せ、唇を彼の唇に押しあてて、長く熱いキスをした。

マックはジェーンを腕の中に抱きあげて、ベッドルームに連れていった。彼はジェーンをあらゆるものから守っていたが、ただ一つ、コントロールできないものがあった。それは彼女のマックに対する疑問の余地のない愛だった。二人はもう一度、体を一つにしたが、熱く駆りたてられたムードは突然変わり、敬愛のこもった愛撫を交わし、心ゆくまでたっぷりと楽しんだ。

マックが朝早く目を覚ますと、ジェーンは彼の腕の中にいた。彼はジェーンの体を包みこむように、体をまるめて横になっている。ジェーンのシャワーを浴びたばかりのような香りがマックの鼻孔を満たす。ベッドルームに差しこんでいる太陽の光は、ジェーンのハニーブロンドの髪に金色の光を投げかけていた。マックはジェーンを抱いている手に力をこめ、彼女をさらに近寄せた。リジーを除き、彼の隠れ家であるこの場所に女性を連れてきたのは初めてだった。

マックは、馬に乗り、必死にしがみついているジェーンの姿や、そのあとデイジー・メイにブラシをかけ、手入れをしようとしている姿を思い浮かべて、ほほえんだ。わからない過去を持つ謎《なぞ》の女性、ジェーン・ドゥ、彼女のような女性にはめったにお目にかかれない。

マックは深々とため息をついた。その音は部屋の中に響き、ジェーンは彼の腕の中で向きを変え、きれいなラベンダーブルーの目を開けた。「おはよう」

「おはよう」マックはジェーンの唇の端にできるえくぼにキスをしながら応じた。「今日は仕事がある日なんだ、スイートハート。そろそろ起きなければいけない」

「うーん」

「朝食になにがあるか見てみるよ。食料品の貯蔵室にシリアルとドライミルクがあるはずだ」

「おなかはすいていないわ、マック」

「僕もさ」マックはあおむけになって天井を見あげ、

またもう一度長々とため息をついた。そのため息を彼はこらえることができなかった。ジェーンに話さなければいけないことがあるのだ。昨日、言うべきだったことだ。

「どうかしたの？」ジェーンはマックの怪我《けが》をした腕をやさしくさすりながら尋ねた。

「昨日、報告書を提出しに保安官事務所に行ったら、君の件について、いくつかニュースがあったんだ。調査の結果、君のブーツのような注文品のブーツを作っている可能性のある靴店が八箇所見つかった。店の顧客リストをたどるのに数日かかるだろう。ブーツは君も知ってのとおり、高級品で、一足の価格は二千ドルから三千ドルはする」

ジェーンはベッドに起きあがって、前かがみになり、シーツを裸の胸に引き寄せた。希望にあふれた目をして座っているジェーンはとても美しく、マックは目を離すことができなかった。彼はこれまでにないほど彼女を求めていた。保安官としての彼はジェーンの身元をさがしあて、ディアリック渓谷で彼に発見される前の生活に彼女を戻すことが自分の義務だとわかっている。だが、マックはその知らせをうらめしくも思った。ジェーン・ドゥの身元が突きとめられる日を恐れるようになっていたのだ。

「もうすぐ私が誰なのかわかるかもしれないということ？　そのリストに載っている名前の一つが私の名前かもしれないというの？」

マックはジェーンの反応をうかがいながら、うなずいた。ジェーンは笑みを浮かべ、ゆっくりと枕《まくら》に頭を下ろした。彼女の目は期待で輝いている。

「私のほんとうの名前はなにかしら？　どこに住んでいるのかしら？　知りたいと思うことがたくさんあるわ」ジェーンはマックの手に手を伸ばし、ぎゅっと握った。「考えてみて、マック。数日後には自分が誰なのかわかるのよ」

「おそらくね。君の希望をかきたてたくないんだ。もっと具体的なことがわかるまではね。だから、君に知らせないでいた。だが、今は……君も僕も事実に向き合わなければいけないと思ったのさ」

ジェーンはシーツをどけて、膝をつき、裸のままで座った。「どんな事実?」

マックは黙ったままだ。ジェーンにとって好ましいことを望む気持ちと、彼女がまもなくいなくなってしまうという絶え間ない苦悩とに引き裂かれていた。

ジェーンはマックの目をじっと見つめた。彼は自分が感じているためらいや苦痛を隠すことができなかった。

ジェーンはすぐさま応じた。「私たちの間はなにも変わりはしないわ、マック。変えることはできないのよ」

マックは上掛けをはねのけ、ベッドから出た。

「すべては変化するものさ、ジェーン。変わらないふりをすることはできないよ」彼は服を拾いあげて、着はじめた。

「ふりなんか、していないわ。なにに対しても」ジェーンは正直に言うと、起きあがり、自分の服をつかんだ。

マックはジェーンがパンティをつけ、ブラウスを着るのを待った。「僕もだよ。どうなるか待つことにしよう」彼はジェーンを安心させようと彼女の体に両腕をまわしたが、自分では疑いを抱いていた。

そもそもジェーンと深い仲になるとは、なんて愚かだったのだろう。そうならないように努めたのに。彼女のやさしい性格、セクシーな体とあの大きなラベンダーブルーの瞳のうっとりするような魅力を無視しようとしてきた。それなのに、最初の日から僕はその魅力につかまり、今、二人とも、その代償を払うことになってしまった。彼女を傷つけることだけはしたくない。

ジェーンがマックの胸に頭をつけると、彼はさらに引き寄せた。

「自分の身元がわかることで傷つくかもしれないなんて、思いもしなかったわ」

「そんなことにはならないよ、ジェーン。約束する。自分自身のことがわかったら、きっとうれしいだろう」

ジェーンは顎を上げた。マックは彼女に見つめられているのを感じた。「そうかしら?」

マックはうなずいた。「ああ、そうだとも」

「それで、あなたは?」

「僕かい?」マックはジェーンの見透かすような視線を無視して、目をそらせた。人生でもっとも大きな嘘《うそ》をつくときの顔を見られたくなかったからだ。

「僕もうれしいよ、ジェーン。そのためにずっと力を尽くしてきたんだからね。さあ、僕たち二人とも、今日は仕事がある。用意はいいかい?」

ジェーンは悲しみを浮かべた目で家の中を見まわした。「ええ、いいわ。家に帰りましょう」

その言葉はウインチェスターに戻る間ずっと、マックの頭から離れなかった。彼はそんなつもりはなかったし、いつ、どうしてそうなったのか、わからなかったが、マックはジェーンのことを〝家〟と見なすようになっていたのだ。

「いったいどういう意味だ、引っ越すって?」マックは居間の反対側からリジーに問いかけた。

「言葉のとおりだわ、兄さん。住むところを見つけたので、引っ越しします。潮時でしょう。兄さんを愛していないわけでも、私が子供のとき、ずっと面倒を見てくれたことを感謝していないわけでもないのよ。でも、私はもう子供ではないの」

ジェーンは居間の戸口に立ちすくんで、その言い争いを見守っていた。今朝、リジーが家に戻ってきたとき、ジェーンは彼女とマックの関係に変化があるだろうと察していたが、こんな事態は予想できなかった。干渉したくなかったし、このやりとりを盗み聞きするのはふさわしくないと思っていた。だが、リジーから、その場にいて、マックに話をするとき、盾となってほしいと頼まれ、断りきれなかったのだ。二人にはとてもよくしてもらった。リジーの手助けをして、彼女が幸せになるのを見たいとジェーンは思った。

「おまえが子供ではないことぐらい、わかっているさ。そんなことではないんだ」

「私が独り立ちするということよ。兄さんが必要としているスペースを兄さんに提供するということだわ」

マックは両腕を広げて、大きく手ぶりで示した。

「じゅうぶん大きな家だよ。僕には必要なスペースがすべてあるさ」

「それならたぶん、私に必要なスペースがたりないのね」リジーはジェーンのほうを見ながら、静かに言った。ジェーンはうなずいてみせて、リジーを励ました。マックは手ごわくて、争いたくない相手だが、リジーにも権利がある。ジェーンは援助を惜しまなかった。「ここからすぐのところに見つけたのよ、マック。ほんとうにいいところなの。改装の計画も立てているわ」

マックはリジーを見つめ、次にジェーンを見つめてから、怒った見本のような顔つきで行ったり来たりした。深々と息をしながら、彼は頭を繰り返し振った。

ジェーンはこんな衝突を見るのはいやだった。マックと過ごしたこの数日間はすばらしかった。彼の牧場の家から戻ったあと、二人はほかの幸せなカップル同様、いつもの日課に戻り、マックは仕事に出かけ、ジェーンは本屋でボランティアをして過ごした。夜は外でいっしょに座って静かなときを過ごし、ベッドに倒れこむまで、日々のありふれたことについて話をした。だが、ベッドではありふれたところはまったくなく、熱く情熱的なときもあれば、甘くゆるやかなときもあった。

二人の日々に影を落とす唯一の暗い点は、ジェーンの身元がいまだに謎だという知らせだけだった。リストに載っていた八つの靴店でブーツを作らせた女性全員にあたってみたのだが、該当者はいなかった。

「なにを言っているんだ!」マックののしりの声で、ジェーンは我に返った。彼は両腕を振りあげ、愛想を尽かした声で続けた。「ジェーンがおまえに分別ある行動ができるように話をしてくれるかもしれないな」

ジェーンはマックに近づいて、彼の腕に手を置き、やさしく言った。「あなたがリジーに話をするべきだと思うわ、マック。リジーの計画を聞いてから、あなたはずっとどなっているだけよ。腰を下ろして、話を聞いてあげて」ジェーンはリジーのほうを向いた。「二人とも、たがいの言うことに耳を傾けてちょうだい」

マックは口を開きかけたが、ドアをノックする音に話すのをやめて、玄関に行き、ドアをぐいと開けた。

戸口にはライル・ブロディ保安官代理が立っていた。

「おはようございます、保安官」

マックはいかめしい顔でぶっきらぼうに応じた。「ブロディ。なんだ? 今日は日曜日だぞ。事務所で問題でもあったのか?」

まっすぐに立ったまま、ライルは家の中をのぞきこみ、リジーと目が合うと、笑みを浮かべた。マックは妹のほうに顔を向け、リジーがほほえみ返しているのに気づいた。ジェーンは近づいていって、リジーのそばに立った。「実はボス、リジーに会いに来たんです」

「今はよくない……」

リジーは駆け出すと、するりとドアの外に出て、ライルのすぐ隣に立った。「おはよう、ライル」

「リジー、会えてうれしいよ。僕と散歩する時間はあるかい？」ライルは尋ねた。

リジーはマックに背を向けて、答えた。「喜んで」

マックはいらいらした顔をジェーンに向け、二人が出かけてしまうと、ドアをばたんと閉めた。「いったいどうなっているんだ？」

ジェーンはマックの手をとり、長椅子に連れていった。「座って」

マックは挑みかかるようにジェーンをにらみつけたが、彼女はマックのことがよくわかっていた。彼のむっつりした外見は、その下のより傷つきやすい性格を隠す体裁にすぎないのだ。その隠されたもろさは、ジェーンがマックを愛する理由の一つだった。

彼女は伸びあがって、マックの唇にキスをして、軽く押した。「腰を下ろしましょう」

マックはそれに従い、腰を下ろした。

ジェーンはマックの膝の上に座り、彼の体に腕をまわした。「物事は変化しているのよ、マック。大丈夫だわ」

「大丈夫じゃないさ」

「リジーはあなたを傷つけたくないと思っているの。必要以上に事をむずかしくしないであげて。リジーはあなたが大好きなのよ、マック。でも、彼女を自由にさせるときだわ」

「もし彼女を愛しているのなら、彼女を自由にさせなさいといった演説を聞かされるのはごめんだね」

ジェーンのくすくす笑う声で、緊張が解けた。彼女はにっこりして言った。「私のことがよくわかっているのね、マック」

マックはいかめしい表情のまま、態度を変えない。

「いずれにしても、リジーはあいつとなにをしているんだ？」

「ライルのこと？　リジーは彼が好きなのよ。とてもね。そしてどうやら、おたがい同じ気持ちのようだわ。リジーはあなたの祝福が欲しいだけなのよ」

マックは目を閉じて、重々しくため息をついた。

「あいつはリジーにはふさわしくない」

「マック、私の話を聞いてちょうだい。あなたがどうしてリジーとライルが付き合うことにそんなに反対しているのか、わかったように思うの」

マックは話を聞こうとして、顎を上げたが、目は細めている。ジェーンは慎重にふるまわなければいけないとわかっていた。マックはプライドの高い人間だから、自分の動機を誰かに分析されるのを嫌うだろう。「続けて」

「これまでずっとあなたは物事を牛耳ってきたわね。リジーが幼いときには彼女の面倒を見て、彼女の兄でもあり、父でもあったのよ。仕事に励み、保安官として、すばらしいキャリアを築き、高く尊敬されているわ。あなたはハンサムで強く、ほとんどすべての面で申し分ないわね」

「自分のことをそんなふうに思うことはないな、ジェーン」

「私はそう思うの」

マックの唇に不承不承の笑みが浮かんだが、ほほえみには変わりなかった。「ほんとうかい？」

ジェーンはうなずいた。「ほんとうよ。さあ、話を本来の話題に戻しましょう。あなたはライルが保安官事務所にいることはよくても、ほかのところでは彼に会いたくないのだと思うの。リジーがライルと関係を持つことを望んでいないのよね。それは彼に会うたび、あなたは人生におけるあの一つの失敗を思い出すからよ、マック。離婚はあなたのせいだったなんて言っていないし、そうではなかったと思うわ。でも、ライル・ブロディはあなたが修復できなかったこと、あなたがコントロールできないことを思い出させるのよね。ライルが個人的に気にくわないのではないでしょう。実際、彼を気にいっているんだと思うわ。あなたを悩ませているのはライルが象徴しているものなのよ」

マックは黙って、そこに座りこんだまま、ジェーンの話を受けとめ、宙を見つめている。

「そんなところかしら？」ジェーンは尋ねた。

マックはジェーンの体を自分の膝から持ちあげて、ソファの上にそっと下ろし、立ちあがって、面と向かうと、腰に手をあてて、彼女の目をじっと見つめた。その顔にはもの悲しい表情が浮かんでいる。

「僕にはわからない、ジェーン。考えてみるよ」

ジェーンは立ちあがって、マックと向かい合うと、勇気づけるようなほほえみを浮かべ、マックの首に両腕を巻きつけた。彼女の表情は率直で、ごまかしがない。「私があなたについて言ったことは、すべて本気よ、マック。あなたは特別な人だわ」

マックは事実と向き合わなければならなかった。僕はジェーンに夢中だ。彼女こそ、特別な人なのだ。僕の人生を満たし、これまで知らなかったような喜びをもたらしてくれる。自分の気持ちをすっかり白状するときだ。ジェーンに僕の心の中にあるものを認めるときなのだ。「ジェーン、僕は――」

ドアを激しくたたく音で、マックの告白は中断された。深々とため息をつきながら、彼は玄関にちらりと目をやった。「リジーが鍵《かぎ》がなくて入れないに違いない」マックはいらだちを振りはらいながら言った。「リジーが引っ越すのはそれほど悪いことではないかもしれないな」彼は玄関に大股で歩いていった。「少なくとも、この家は少し静かになるだろう」

「私はキッチンでコーヒーをいれてくるわ」ジェーンはにっこりして言った。僕に妹と二人だけで話す機会を与えたいのだろう、とマックは思った。

マックはドアを開けた。驚いたことに戸口に立っていたのはリジーではなく、きちんとした身なりの、漆黒の髪の男性だった。男性はまっすぐにマックの目を見ている。

「リッグズ保安官ですか？」

マックはうなずいた。説明できない恐怖感が胸に広がっていく。

「ブリジット・エリオットをさがして、ここに来ました」

10

マックはごくりと唾《つば》をのみこんだ。相手の男をすばやく値踏みして、これは本物だと勘でわかった。自信に満ちた雰囲気、マックの目をまともに見つめる目つき、身だしなみのよさ。そういったものから、ジェーン・ドゥを取り巻く謎《なぞ》がまもなく終わりを告げようとしているのがわかる。

見知らぬ男は札入れのサイズの写真をすっと出した。マックははらはらする思いで、写真に目をやり、ジェーンがカメラに向かってほほえんでいるのを見た。その男がジェーンに腕をまわしている。

「写真の女性に見覚えがありますか？　ここに住んでいる女性に間違いありませんね？」男は問いかけ

た。マックは呆然《ぼうぜん》としていたが、尋ねられているのは自分だと気づいた。

「それに答える前に、どうやってここにたどり着いたのか、あなたがどなたなのか、お聞かせ願いたい」

男はマックにまじめな顔をさっと向けた。「十日も前からブリジットをさがしつづけてきました、保安官。つてがあって、ここにたどり着いたのです」

マックは男がブリジットという名前を口にしたときの口調にやわらかな響きがあったのを聞き逃さなかった。

ブリジット？

ジェーンの名前はほんとうにブリジット・エリオットなのだろうか？

「どんなつてなんだ？　あなたは誰です？」

「私のつてはあなたにはまったく関係ありません。重要なのはブリジットを見つけることだけです」


「あなたが誰なのか、まだわからないが」マックはきっぱりと言った。

「私はブライアンです。ブリジットの――」

「マック、コーヒーが入ったわよ」ジェーンが大きな声で呼びかけた。マックはジェーンの声を耳にした男の反応を見定めた。

男は目を見開き、家の中をのぞきこもうとした。

「あれは彼女の声だ」断言するように言った。「入ってもいいかな？」彼は中に入ろうとして一歩進んだ。

マックは戸口をふさぎたかった。この男を荷造りして送り返したかった。男についてなに一つ知らないが、真実だけはわかっていた。この男はジェーンを家に連れ戻すために来たのだ。

心が焼けるような痛みを感じる。ジェーンを失ってしまったのだとわかって、体中のあらゆるところがうずく。ブライアンという名のこの男は、ジェーンを取り返しに来たのだ。男の左手をさっと見て、彼がジェーンの夫ではないとわかったが、二人が深い関係にないということにはならない。婚約しているかもしれない？　マックの最初に感じた恐怖と不安は一周して元に戻ってきた。そして認めたくない別の感情が彼をかきむしった。嫉妬《しっと》。あまりにも深くなまなましいその感情が、マックを骨の髄までゆさぶった。

マックは必死の思いでわきに寄り、男を中に入れた。二人は玄関を入って、すぐのところに立った。

「コーヒーが熱々よ、マック」ジェーンが湯気の立っているマグカップを持って、キッチンから出てきた。彼女はマックに顔を向けてから、ブライアンと名乗った男に視線を向けた。「あら、こんにちは、ブライアン。なにをしている……」

ジェーンは足をとめた。持っているマグカップがゆれている。彼女は目をしばたたいた。ジェーンの過去がたちまち現在となっていくのにマックは気づいた。すべてがラベンダーブルーの瞳に映し出されている。ジェーンは人生の早送りボタンを押されたかのように、一瞬ためらった。記憶が戻ったのは間違いない。彼女の表情豊かな顔を見て、マックはすべてわかった。

ゆっくりとジェーンはマグカップを下に置き、ブライアンに温かくほほえみかけた。マックはその笑みを見て、象に体を踏みつぶされたような気がした。

「ブライアン！」

ジェーンはブライアンが広げた腕の中に走り寄り、彼は彼女を抱きあげて、ぐるっとまわした。二人の顔は喜びにあふれている。

「まあ、なんてことなの」ジェーンは言った。「信じられないわ。ここに来てくれたのね。ほんとうに来てくれたんだわ」

ブライアンはジェーンを床に下ろした。「そうさ、ハニー。ずっと君をさがしていたんだ。僕たちみんな、君にはずいぶんこわい思いをさせられた」

「記憶を失っていたのよ、ブライアン。でも、すべて思い出したわ。たった今、あなたに会ってね。信じられない。すべてが戻ったのよ」

「それはすばらしい、ハニー」ブライアンの視線はジェーンがほんとうに無事なのか確かめるように、彼女の全身をあちこちさまよっている。その、いかにも彼女は自分のものだと言わんばかりの目つきは、鋭いナイフのようにマックの心に突き刺さった。

ジェーンが幸せに暮らせるようにずっと面倒を見てきたのは僕だ。僕はその権利を自分のためにとっておいたのだ。

「君を見つけ出せてうれしいよ」ブライアンは続けた。「いったいなにが起きたんだ?」

「今、思い出したわ」ジェーンは一瞬、間をおいてから話しはじめた。「カランの結婚式のあと、今から二週間ほど前になるけれど、飛行機でコロラドに来たのよ。レンタカーが故障したので、峡谷の道を歩きはじめたところ、ころんで頭を打ったの。きっとそのときに記憶をなくしたんだわ。マックに発見されて、彼と妹のリジーが私を家に泊めてくれたのよ」ジェーンはにこやかにほほえみながら、マックに視線を向けた。「あら、ごめんなさい、紹介していなかったわね。ブライアン、こちらはマック・リッグズ保安官。マック、こちらはいとこのブライアン・エリオットよ」

「いとこだって?」マックは思わず口をすべらせ、呆然としながらブライアンが差し出した手を握った。この状況の思いがけない新しい変化にまだくらくらしている。マックは心の底からほっとして、男が玄関に現れてから初めて、穏やかな吐息をもらした。

「そうよ、ブライアンと私はいとこなの。家族は全員ニューヨークにいるわ、マック。風変わりな大家族よ。あなたに家族の話をするのが待ちきれない

「わ」

マックは顎を撫《な》で、唇をすぼめて、ジェーン、いや、ブリジット・エリオットが自分のことについて話すのに耳を傾けていた。記憶がいっきに戻ってきて、ジェーンは笑顔でマックにこまごまと話して聞かせると同時に、それをふたたび体験しているようだった。

マックは自分の不運を呪《のろ》った。ブリジット・エリオットはニューヨークに住む金持ちの名士で、なんと、彼女の家族はハンプトンズに地所を持っている。世界的にもっとも評価の高い雑誌出版社を所有している一族で、ブリジットは富裕層対象の高級ファッション誌『カリスマ』の写真担当なのだ。参ったな。いかなる状況でも挨拶《あいさつ》すら交わすことのない女性とベッドをともにしていたなんて。ブリジット・エリオットは雲の上の存在だ。

彼女は掃いて捨てるほど金を持っている。彼女の家族にとっては、ウインチェスターをまるごと購入するのだって、いともたやすいことだろう。

「ブライアンは〈ユンヌ・ニュイ〉という、とてもしゃれたレストランを経営しているの。すばらしいところよ。あなたに見せるのが待ちきれないわ」

マックは自分を抑えた。「ブリジット」彼女のほんとうの名前を初めて使って、ぎこちない口調で言った。「君のいとこのブライアンはレストランの所有者かもしれないが、見かけ以上のものが彼にはあるよ」

「どういうこと?」

「君の家族は権力も金も持っているのに、君を見つけ出せなかった。だが、ブライアンにはできた。おまけに、彼はその方法を口にしようとしない。警察にいる人間から解釈すると、君のいとこは見かけとはまったく違う人物だな」

「まあ、ばかなことを言わないで、マック。ブライアンはもちろん見かけどおりの人よ。たまに謎めいた態度をとるのが好きなだけだわ」

マックはうなずいた。「彼のことをそう表現することもできるな」

だが、ブリジットは話を続けた。「ねえ、聞いて、マック。ブーツのこと。どうしてあなたたちがイタリアで突きとめることができなかったのか、わかったわ。靴作りの天才、カルメロ・ディヴィンセンツァは二年前に亡くなっていて、私のブーツは彼が作ったまさに最後の靴だったのよ。どうりで私が大事にしていたわけだわ。カルメロはフィレンツェのすぐ南の小さな村に住み、働いて、一生を終えたの。『カリスマ』の記事のために、その村で写真撮影をしたことを覚えているわ。カルメロは特別に私のためにブーツを作ると言って聞かなかったのよ」

「それじゃ、君はその雑誌の取材で世界中を駆けまわっているんだね」マックはソファにもたれて言った。彼はブリジットと二人きりになれて、ほっとしていた。リジーはまだライルと出かけたままだし、ブライアンはブリジットに考えをまとめる時間を与えるために、数分前に立ち去った。ブライアンはどこに滞在しているかは知らせず、〝また来るよ〟とだけ言った。

「いいえ、いつも取材に出かけているわけではないわ。EPH、すなわち〈エリオット・パブリケーションズ・ホールディングス〉のオフィスで働いているのだけど、ときたま、撮影のためにロケ現場に出かけるのよ。ヨーロッパが大好きで、イタリアはお気にいりの国だわ」

「つまり、君こそ大金持ちってことだな」マックの声には隠しきれないとげとげしさがあった。ブリジットが何者であるかは彼女にはどうしようもないことだが、マックはどうにも気にいらなかった。

ブリジットはマックを見つめた。「マック、あなたがなにを考えているのかわかるけれど、私は甘やかされた金持ちの小娘ではないわ。実際、家族に関するすべてを嘆かわしく思っているの。そもそも私がウインチェスターに来たのも、それが理由なのよ。私の家族は秘密だらけなの」

「秘密のない家族なんてあるかい？」

「そうね。でも、私の家族は違うわ。ありとあらゆる秘密をかかえているの。私はそれをすべて暴くつもりよ。祖父がほんとうはどんな人間かを暴くの。祖父がみずから行ったごまかしをさらけだす暴露本を書いているところだわ。私の本は何十年も秘密だった真実を明るみに出すことになるでしょうね」

マックは澄んだ目でブリジットを見つめながら頭を振った。彼女はもはやジェーン・ドゥではない。人間不信の女性で、復讐《ふくしゅう》に夢中になっている……あるいは仕返しに？　彼女は自分の暴露本が正当化されると思っているのだろうか？

「君はたくさんの人を傷つけることになりそうだな」

「暗雲を一掃するためよ、マック。祖父のパトリック・エリオットはトップにたどり着くために、あまりにもたくさんの悪事をしてきたわ。マスコミを陰で牛耳って、これまでずっと証拠を上手に隠してきたのよ。祖父をとめる必要があるわ。祖父は当然の報いを受けるだけよ」

「それで君は、本がすべての問題を解決することになると思っているのかい？」マックは立ちあがった。腰に手をあて、ブリジットを見おろしている。「罪のない人たちが傷つくことになるんだよ」

「でも、罪のない人たちがすでに傷ついてきたのよ、マック。私がここに来たのは、おばのフィノーラの子供がここウインチェスターに住んでいるかもしれないという匿名の秘密情報を得たからなの。おばが十五歳のとき、祖父が無理やり養子に出させた子供よ。祖父はおばを力ずくで思いどおりに動かし、そのせいで、おばは打ちひしがれたわ。『カリスマ』は今のおばの人生すべてなの。それって不公平でしょう、マック。おばが自分の娘を知らずに人生を送っていかなければいけないなんて、よくないわ。その子供を見つけるために、私はここに来たのよ。ウインチェスターに住んでいる夫婦の養子になったとわかっているの」

「それで君はここに来たんだな？」

ブリジットはうなずくと、立ちあがってマックと向き合った。「それが唯一の理由よ。おばの娘を見つけて、二人を再会させるために来たんだわ」

「それは君にはまったく関係のないことだ、ブリジット」マックはまだ彼女のほんとうの名前に慣れることができずにいた。口にすると嘘《うそ》に聞こえる。彼にとってなにより大事なものとなった同じ女性と話しているのではないかのようだ。「君が参戦する場じゃないだろう」

「これは私の争いなのよ。半年前から祖父と闘い、真実をさらけ出すことを始めて、その本は目的達成のための手段なの。すべてのスキャンダルに終止符を打ち、私の家族は過去を過ぎ去ったことにできるんだわ。おばの子供を見つければ、おばは幸せになり、祖父にはもうこれ以上、私たちの人生に手を出すことができないと思い知らせることになるでしょう。おばはあまりにも長い年月、苦しんできたのよ。彼女の娘は今では二十三歳になっているわ」

その言葉にマックはぴんときた。ブリジットがさがしているのは、友人のトラヴィスの娘、ジェシーかもしれない。彼女はまさに二十三歳だし、十代の母親が産んだ赤ん坊として養子に来た。トラヴィスはジェシーを見た瞬間に夢中になり、彼女が養女であることを今ではあまり話さない。誰もジェシーとトラヴィスは血がつながっていないとは思わないだろう。悪いことに、トラヴィスは数年前に妻を亡くしている。

「君は他人の人生に手を出しているんだよ、ブリジット」マックは意見を変えず、断固とした口調で言った。「そんなことをしてはいけない」

「そうする必要があるのよ」

「いや、いけない!」マックはブリジットに背を向け、うんざりしたように両腕を振りあげた。「よりにもよって、たくさんの人の人生をだいなしにするのをいとわない、金持ちのとんでもない女性を好きになってしまったなんて、信じられないよ」彼はブリジットのほうを向いた。激しい怒りが頂点に達している。「君は僕がディアリック峡谷で発見した女性ではない。こんなことをするのなら、違うな。彼女は他人の人生をだめにすることを正しいと思うほど、ひねくれてはいないよ。手を出すな、ブリジット」

「無理だわ、マック」ブリジットはマックにまともに向き合った。「わからないの? 本はほとんど書きあがっているのよ。おばの子供を見つけることは最終章になるでしょうね」

マックはいきいきと輝いているラベンダーブルーの瞳をじっと見つめた。憎悪に満ちた、人間不信の、彼の息をとめるほどの美人であるブリジット・エリオットは、彼にふさわしい女性ではない。彼女は銀のスプーンをくわえて生まれてきた。まわりの人々につらい思いをさせることを選択するかわりに、人生でなにか前向きのことができるはずなのに。

ブリジットに今ここで、僕の住む町で、僕の家で、そんなつらいことを引き起こさせるようなことはさせない。トラヴィスや僕自身にそんなまねはさせない。解決法は一つしかない。「君のいとこが戻ってきたら、君はここを出ていくほうがいいと思う」

「マック」ブリジットの静かな声は、マックをひどく悲しませた。

マックは断固とした態度をとりつづけたが、次の言葉を口にするのは必死の思いだった。「もし君が計画を進めるつもりなら、ここに君の居場所はないよ」

ゆっくりとブリジットはうなずいた。マックは心の中ですくんだ。彼女はあきらめないんだな。「始めたことはやりとげなければいけないわ」

「それなら、さよならを言わなければいけないね。ニューヨークに戻りなさい、ブリジット。そこが君のいる場所だ」

リジーがドアから飛びこんできた。彼女の顔は喜びにあふれている。「ライルにデートに誘われたの！　それにアパートメントに引っ越すときに手伝ってくれるって。ジェーン、買い物に行かなくてはいけないわ。ぴったりの服を見つけるのに、あなたの手助けが必要なの」

マックは〝ジェーン〟に、ジェーンであってほしいと願う女性に、最後の一瞥《いちべつ》をくれてから妹に目を向けた。「彼女はジェーンではないんだ。ブリジット・エリオットという名前で、次の飛行機でニューヨークに帰るのさ」

「あなたにはいくらお礼を言ってもたりないわ、ブリジット。あなたに手伝ってもらわなければ、こんなふうに服を上手に組み合わせることはできなかったでしょうね。でも、気がかりなことがいろいろあるのに、私の買い物を手伝ってくれたなんて、信じられないわ」リジーは買い物袋をブリジットのベッドの上にどさっと置きながら言った。

ブリジットがベッドに腰を下ろすと、リジーもすぐそばに座った。「あなたに約束したことだもの、リジー。それに、あなたにはほんとうによくしてもらったから、お返しがしたかったのよ。楽しかったし、気がまぎれたわ」

「あなたの乗る飛行機が三時間後には出発するという事実から？　私にはどうしようもないけれど、行かないでほしいわ」リジーはひどく悲しそうに言った。「兄にはあなたが必要よ」

ブリジットは上体をうしろにそらせて、枕《まくら》に頭をのせ、目を閉じた。マックの幻が押し寄せてくる。めったに見せない微笑、彼の抱き方、ベッドでのやさしい接し方。「マックは私がしようとしていることをわかってくれないのよ」

「そうでしょうね。それに兄が考えを変えることもないだろうと思うわ。兄はなにが正しいかということにいつも確信を持っているのよ」

ブリジットはぱっと目を開いた。「それじゃ、あなたも私が間違ったことをしていると思っているのね」

リジーはブリジットの手を握った。「それは私には関係のないことだわ。あなたと兄の間のことよ」彼女はブリジットの手をぎゅっと握った。「マックも傷ついているのがわかるわ。多くは口にしなかったけれど、顔にすべて出ているの。あなたを失うことの痛みがね。私に一つ約束して、ブリジット」

「なんでも」

「兄からもらったものを返さないでね。服もジュエリーも。それからお願いだから、兄にお金を返そうとしないでほしいの。私は兄のことを知っているわ。そんなことをしたら、兄は激怒しかねないから」

ブリジットはうなずいた。「話してくれてうれしいわ。でも、あなた方の親切にお返しをするために、なにかしたいのよ」

「友達でいてちょうだい、ブリジット。それだけでじゅうぶんよ。ときたま、私にファッションアドバイスをしてもらえるかしら？」

ブリジットはくすくす笑った。「もちろん」

「あなたがいなくなると寂しいわ」

涙が目にしみる。ブリジットはこの家の兄と妹の両方を愛するようになっていたのだ。二人を知ったことで、人生がこれまでとは同じではないと彼女はわかっていた。ブリジットはリジーに腕をまわし、二人はきつく抱きしめ合った。

「私もよ、リジー」

ブリジットは立ちあがり、リジーからもらったダッフルバッグに荷物を詰めはじめ、すぐに出発の用意ができた。

マックが戸口から顔を出した。「君のいとこが迎えに来たよ」

「まあ」すべてがあまりにも速く進んでいるように思える。ブリジットは振り向いて、リジーのきれいな茶色の瞳を見つめた。「行かなくてはいけないわ」

リジーはうなずいて立ちあがった。「そうね」

「さようなら」ブリジットはこみあげてくる涙をこらえた。泣いても、状況をよくすることはできない。ウインチェスターでの時間は終わったのだ。

「さようなら」リジーはささやいて、最後に一度抱きしめた。「あなたと兄がさようならを言う間、ブライアンの相手をしているわね」

リジーが立ち去ると、ブリジットはマックの黒っぽい瞳を見つめ、ダッフルバッグの肩掛けひもをつかんだ。バッグには、ウインチェスターとマック・リッグズをこの先いつまでも思い出させるものがいっぱいに詰まっている。「お別れね」

強く、背が高く、いつも落ち着いているマックは黙ったまま、うなずいた。

ブリジットはマックに歩み寄って言った。「いろいろありがとうと言わずに立ち去ることなんてできないわ、マック」彼女は彼の姿をうっとりと眺めながら、そっと言った。「あなたは優秀な保安官で、すばらしい人ね」

　そう言うと、ブリジットは伸びあがって、マックの頬にキスをした。彼女のほんとうの気持ちとは裏腹に、やさしく軽いキスだった。

「ウインチェスターを離れるのが寂しいわ」ブリジットは正直に言った。「とりわけ、あなたに会えなくなるのが寂しいの」

　ブリジットはマックの前を歩いていった。

　呼び返されるのを、マックがなにか言うのを、ブリジットは願っていたが、沈黙が続いただけだった。

彼の冷淡さがすべてを語っていた。

「用意はいいかい？」ブライアンはブリジットのダッフルバッグをつかみ、玄関のドアを開けて、尋ねた。

　ブリジットは足をとめ、くるりと振り返り、マックの冷ややかで黒っぽい瞳を最後に一度、のぞきこんだ。「いいわ。家に帰りましょう」

11

「大丈夫かい？」ブライアンはパトリック・エリオットがハンプトンズに所有する屋敷、〈ザ・タイズ〉に通じる私道を車で走っていた。ブリジットは車の窓から外をのぞいて、入念に刈りこまれた庭や屋敷に通じている長い環状の私道、そして豪邸という言葉では言いたりない屋敷そのものに目をやった。断崖《だんがい》の真下の大西洋から吹いてくる潮の香りのする海風が、幸せだったときの思い出を呼び戻す。海岸沿いの砂浜で兄やいとこたちと遊んだり、走ったりしたものだ。

　ブリジットはなにもかも思い出したが、そのなつかしさは彼女に安らぎをもたらしはしなかった。彼女の頭と心は、居心地のよいコロラドの家と、彼女の胸に刻みこまれた小さな町の保安官のもとから離れられずにいるからだ。「ママに会いさえすれば大丈夫よ。ママは元気だと言ったわよね？　ママに会うのは二週間ぶりだわ」

ブライアンはうなずいた。「君のことを心配していたよ、ブリジット」

「そのことは申し訳ないと思うわ」ブリジットは母を心配させたくなかったが、記憶を失うつもりなどまったくなかったし、それに恋に落ちるつもりもなかったのだ。「ママには今、取り組まなくてはいけないことがたくさんあるのに」

四カ月前、カレン・エリオットは両乳房の切除手術を受け、それ以来、義父母のハンプトンズの屋敷で過ごすことが多い。

「君のお母さんは頑張り屋だよ。落ちこんでいるときも、ぜったいに口にはしないからね。だが、お母さんが君に会って大喜びするのは間違いないな」ブライアンは玄関のすぐ外で車をとめた。「差し迫った仕事があるので、失礼するよ。カレンおばさんによろしく伝えてくれるね？」

「わかったわ。その〝差し迫った仕事〟というのはきっとレストランにかかわることでしょう。そうよね？」

ブライアンはジェーンに顔を向けた。「ほかになにがある？」

「そのとおりだわ」ブリジットもブライアンのほうを向いて言った。ブライアンについてのマックの勘は正しいのだろうか？　ブライアンが見かけ以上の人物だなんてありうる？

ブリジットは車を降りて、彼女の側にまわってきてダッフルバッグを渡してくれたブライアンとしっかり抱き合った。

「私を見つけてくれて、もう一度お礼を言うわね。

あなたがいなければ、いつ、どうやって記憶を取り戻すことができたか、わからないわ」

ブライアンはブリジットの頬にキスをした。「コロラドでは、君がほんとうに記憶を取り戻したいと望んでいるのか、一瞬疑問に思うことがあったよ」

「また別のときにね、ブライアン」ブリジットは手を振り、別れを告げて、ブライアンが立ち去るのを見守ってから、祖父の家に入る階段をのぼっていった。

数分後、ブリジットは母親がサンルームに穏やかなようすで座り、海を眺めているのを見つけた。日の光が陰りはじめ、海はやわらかな輝きをおびている。ブリジットはしばらくの間、母を見つめてから声をかけた。ブリジットは母を見つめてから声をかけた。顔色が青白いのは、化学療法のせいで体力が奪われているからだろう。頭に巻かれたカラフルなスカーフも、母が最近受けた治療を思い起こさせる。

「こんにちは、ママ」

母親はブリジットの声に振り向いた。

「ブリジット、ハニー」カレンは立ちあがり、にっこりすると、その顔は元気を取り戻し、輝いた。ブリジットは母親の温かく、愛情のこもった腕の中に駆けこんだ。「あなたが無事で、とてもうれしいわ。ころんだり、記憶を失ったりしたせいで、どこか悪くなったところはないのね？」

ブリジットは頭を振り、母親のなじみ深い花の香りを吸いこんだ。「いいえ、なんともないわ。元気よ。でも、ママのことがずっと心配だったの」

「私は元気になりつつあるわ。ゆっくりだけど、健康な状態に向かっているのよ」

二人は長い間抱き合っていたが、ようやく体を離し、大西洋の波を目の前にして座った。ブリジットはウインチェスターでのマックとの日々や、本を書くことについて困惑していることを母親に洗いざらいしゃべった。

カレン・エリオットは娘によいアドバイスを与えた。「あなたにとってなにが正しいか、わかっている人は、たった一人しかいないわ」

「一度すると決めて始めたことなのよ、ママ。簡単にあきらめて投げ出すなんて、私にはできないわ」

カレンは温かな笑みを浮かべた。彼女の緑色の瞳はいきいきとして包み隠すところがなかった。「私たちはまさしく望んでいるものを手に入れたのに、それが望んでいるものではまったくなかったと気づくことがときどきあるわ。少し時間をかけなさい、ハニー。なにが自分にとっていちばん大切なのか、考えることね」

「コロラドをあとにしてから、それだけをずっと考えているわ」

「それなら、ほかにも考えることをあなたに提供しましょう。あなたのお父さんと私は、おじいちゃん、おばあちゃんになるのよ。ギャノンとエリカから、赤ちゃんが生まれるという知らせをちょうどもらったところなの」

「ほんとう？　まあ、ママ、それは大ニュースだわ」

「ええ。私も元気になって、生まれてくる孫のベビーシッターをするつもりよ」

「きっと元気になるわ、ママ」ブリジットは一時ジェット機で世界中を飛びまわっていた兄のことを考えて、ため息をついた。「考えてみて。兄さんが父親になるのね」

カレンはくすくす笑った。「信じがたいけど、そうなのよ。ようやくエリカというお似合いの相手に出会ったんだと思うわ。二人はとても幸せよ」

「私もうれしいわ」

カレンは手を伸ばし、ブリジットの手をとり、やさしく握り締めた。「私が子供たちに望んでいるのは幸せだけよ。幸せを見つけるのはそれほどむずかしくないこともあるわ。適切なところをさがしさえすればね」

ソーホーにあるブリジットのロフトは広々として、おしゃれだった。彼女はラジオをつけて、流れてくる音楽に合わせて爪先を軽く床に打ちつけ、訪問客が来るまでの時間をつぶした。ノックの音が聞こえると、ほっとため息をつき、玄関に足早に向かって錠をはずし、重いパネルのドアを開いた。

「結婚式の写真を持ってきたわ」新しくいとこになったミスティが白い写真アルバムを持ちあげてみせた。

ブリジットはミスティの妊娠五カ月のおなかにちらりと目をやった。ミスティは幸せそうに見える。

「ミスティ、来てくれてとてもうれしいわ。中に入って。もう写真ができあがったの？」

「試し焼きだけよ。あとで取りかかりましょう」ミスティはブリジットをじっくりと見て、満足したようすで言った。「あなたのおかげで、みんなとても心配したのよ。私たちの結婚披露宴の直後に花嫁の付き添い人が姿を消して、誰もなにも知らないんだもの！　どこに行くか、誰にも言わなかったでしょう。ブライアンがあなたを見つけることができてよかったわ」

「私がいけなかったの。もう二度とあんなことはしないわ。次のときは、行き先を必ず誰かに知らせるわね」

ミスティの目は見開かれ、あきれ果てたという表情がありありと浮かんだ。「次のときですって？」

ブリジットは笑いをこらえることができなかった。

「座って。ゆっくりしましょう」

二人はクリーム色の革のソファに腰を下ろした。

「ブリジット、あなたが家に戻って、やれやれよ」

「ええ」ブリジットは唇を噛《か》みながら、そっと言った。「帰ってきたわ」

「まあ、その顔つき、わかるわ。どうしたの？」

ブリジットはさりげなく肩をすくめてみせたが、心の中では胸の痛みとためらいに重く押しつぶされそうだった。「たいしたことではないのよ。私の命の恩人と言える男性をほんとうに愛してしまったということを除いてはね。彼は行き場のない私を家に泊まらせてくれたわ。マック・リッグズ保安官というの。彼は私が面倒を引き起こすだけの、甘やかされた金持ちの上流階級の女だと思っているのよ」

「なるほどね」ミスティの緑色の瞳はまぎれもなく輝いた。「うーん、保安官って言ったわよね？　背が高くて、ハンサム？　きっと制服姿がすてきなんでしょうね」

制服を着たマックと制服を脱いだマックの姿は、ブリジットの頭を一度として離れたことはない。


「あなたに話して、かえってつらくなってきたわ」

「それなら、一つ質問をさせて。もし彼がそんなにすばらしい人なら、どうして悩むの？」

「そうね、あなたの言うとおりよ。どうして悩むのかしら？　彼はすばらしい。ひどく頑固で人使いが荒いけれど」そう言ってから、ブリジットは声をやわらげて、ささやくように続けた。「ひどく親切。ひどく寛大。ひどくセクシー。そして彼が部屋に入ってくるたびに心臓がとまりそうなほど、ひどくハンサムなの」

「すごい」ミスティは頭を振って言った。「それなら、あなたはなにを待っているの？　あなたが彼に夢中なのは明らかよ。コロラドに戻って、彼の考えを変えさせなさい」

「変えさせることはできないと思うわ」

「カランも私の考えを変えられないと思ったことがあったのよ。でも、できたの。私が彼に甘くしてあげたの」

げたわけではないわ。ありがたいことに、私は疑いを捨てて、私たちはとても幸せよ」ミスティは大きくなりつつあるおなかを軽くたたきながら言った。「生まれてくる小さな赤ちゃんもいてね。ブリジット、もしあなたがそんな幸せを手にする可能性がほんのわずかだとしても、それを実現するのに必要なことはなんでもやりなさい」

ブリジットは深呼吸をして気持ちを落ち着かせ、ミスティの忠告をじっくり聞いたが、それでもまだ疑念は消えなかった。パトリック・エリオットという人物を暴く本を書くとみずからに約束したのだ。それにフィノーラおばさんはどうなるの？　おばさんも幸せになっていいはずじゃない？「まだ確信が持てないわ、ミスティ。でも、考えてみるわね」「あまり長く考えすぎないで。その男性はたくましくてセクシーな人のようだわ。さあ、あなたのようすを確かめるためだけに、ここに来たわけではないのよ。あなたは家族の写真担当なんだもの。私の試し焼きを見てもらえる？　私たちの結婚アルバム用に百枚ほど選ぶのを手伝ってほしいの」

「あら、ミスティ。たった百枚？」ブリジットはからかうような口調で言った。今日、なにか実りのあることができてうれしいわ。

明日は『カリスマ』での仕事を再開しよう。ブリジットは思った。

ブリジットはこれまで何回となくしてきたように『カリスマ』のフロアの廊下を歩いていた。従業員や同僚たちが歓迎の笑みを浮かべて、挨拶《あいさつ》の言葉をかけてくる。ブリジットは足をとめ、数人と話をして、仕事を休んだことについて、ごく手短に説明した。コロラドに出かけて、一時期、記憶喪失になったことはまだあまりにもなまなましく、個人的なことなので、ほんとうに信頼できるごくわずかの人たちを除いては、くわしく話すことができない。

フィノーラおばはそのごくわずかの人間の中に入った。ブリジットは長年彼女のそばで働き、その間に二人は親密な絆《きずな》を作っていた。フィノーラが『カリスマ』をあたかも自分自身の子供のように大切に扱ってきたことは、誰もが知っている。彼女の人生には欠けているものがあり、ブリジットはそれを生まれたときに手元から取りあげられた娘を見つけることによって、うめてあげたいと思っていた。

「おはよう」ブリジットはフィノーラのオフィスの戸口から顔を出して、声をかけた。

フィノーラはいつものように書類仕事にどっぷりとつかっていたが、ゆっくりと顔を上げ、デスクの上で取り組んでいた割付から目を離した。「ブリジット！」彼女は立ちあがり、デスクをまわりこんで、部屋の中に入ってきたブリジットを出迎えた。両腕を彼女の体にまわし、ぎゅっと抱きしめてから、体を離して、目を見つめた。「よかったわ。元気そうね」

「ほんとう？」ブリジットは昨夜、あまり眠れなかった。その前の夜も。青白く、疲れ果てた顔をしていて、今朝は化粧で隠すことにもあまり時間をかけなかった。それでも、フィノーラはいつもなにか好ましいことをブリジットに言ってくれる。

「私には元気そうに見えるわよ、ブリジット。あなたのことをとても心配していたの」フィノーラは徹夜で仕事をするときによくベッドがわりに使う、座り心地のいいソファにブリジットを案内した。「座って、私になにもかも話してちょうだい」

「締め切りはないの？」

「あるけれど、先に延ばせるわ。それに今のところ、予定より先に進んでいるのよ。全部聞かせて」

ブリジットはおばといっしょに腰を下ろし、カランとミスティの結婚式でおばの子供についての匿名の情報を受け取ったことから、マックと恋に落ちて結局別れたことまで、すべて話した。フィノーラはソファの背にもたれ、熱心に耳を傾けていたが、ようやく話す番が来ると、ブリジットの手を握った。

「あなたは私の姪《めい》よ、ブリジット。私があなたを心から愛しているのは知っているでしょう。でも、私のためにあなたが自分の人生をだいなしにするなんて、そんなことはさせられないわ。娘のことは知りたいし、それを何度も夢見ているけれど、娘の人生を混乱させたくないの。娘は私のことを知りたくないかもしれないでしょう。もし知りたいと思っているのなら、世界中に広がっているデータベースに私のこともなんとか載せたので、情報はすべて養子縁組のホームページに公開されているわ。娘がその必要を感じれば、簡単に私を見つけられるのよ。私は娘がいい人生を送っていることを望み、祈るだけだわ。そして適当な時期が来たら、おたがい会うこともあるでしょう。だから、もしどうしても本を書かなくてはいけないのなら、お書きなさい。でも、私は書かないことを勧めるわ、ブリジット。本を書いても、なにも変わらないでしょうね。もし怒りとうらみにひたりきっていたら、あなたはもっと大切なものを失うことになるのよ。それは愛だわ。愛よりも重要なものはなにもない。ベストセラーの本も、ベストセラーの雑誌さえもね」フィノーラは悲しそうな笑みを浮かべて言った。

「でも……」

「でもはなしよ、ブリジット。父は私の人生をめちゃめちゃにしたわ。でも、父にあなたの人生までめちゃめちゃにさせてはいけない。パトリック・エリオットを中傷しても、あなたは一瞬たりとも満足を得られないでしょうし、それでも父は結局は勝者で終わるでしょうね。その一方で、あなたは愛する男性を失うことになるのよ。そんな代償を払う価値がある？」

ブリジットは唇を引き締めて、思いをめぐらせた。

「そんなふうに考えたことはなかったわ」

「あなたにとってマックの愛はどのくらい価値があるの、ブリジット？　もし過去を水に流すことができれば、あなたはすばらしい将来を手にできるのよ」

「それは大きな〝もし〟だわ」

「そう、あなたにもう一つ、〝もし〟をあげましょう。もし私があなたなら、コロラド行きの次の飛行機に乗るわ」

ブリジットはフィノーラの忠告に従って、コロラド行きの次の飛行機に乗った。ウインチェスター郡保安官事務所の外に立ち、彼女の胃は緊張でしくしく痛み、心臓は狂ったように打ち、頭はくるくるまわっていた。真夜中近くだったが、リジーから、マックがこのところ遅くまで事務所にいることを聞いていた。リジーはこんな遅い時間にブリジットが玄関先にいるのを見て、驚いたようすだった。だが、いやな顔も見せずに、マックがいる場所を教えてくれて、安心させるようにうなずいてみせると、ブリジットをしっかり抱きしめた。

ブリジットは事務所の建物に入っていき、彼女に気づいた保安官代理に挨拶された。「保安官は自分のオフィスにいますよ。たぶんあなたなら、保安官の顔に笑みを浮かばせることができるかもしれませんね。保安官ときたら、僕の家の古い湯わかし器よりもがたがたで、気むずかしいんです」

ブリジットは危うくおじけづくところだったが、自分に言い聞かせ、その場を逃げ出すことを思いとどまった。彼女はマックのオフィスに近づき、そっとノックした。

「なんだ？」マックはどなるように言った。

彼のどなり声を聞いて、ブリジットはほほえんだ。こわくないわ。一度もマックをこわいと思ったことはない。そのかわり、マックのぶっきらぼうな声はどんなに彼を愛しているかをブリジットに思い起こさせる。

ブリジットはドアを開け、中に入っていった。

「ずいぶん遅くまで仕事をしているのね」

マックはデスクからぱっと顔を上げた。驚きが彼の顔に浮かんでいるが、目からはなにも読み取れない。一瞬、希望が光っただけだ。マックは我に返って、仕事をしていた書類に視線を落とした。「もしおばさんの子供のことでここに来たのなら、見つける方法はわかると思うよ」

「いいえ、そんな理由で来たのではないわ、マック。おばは私の助けを必要ともしていないし、望んでもいないの。見つけ出すことはあきらめたわ。おばは養子縁組のデータベースに名前を載せているので、もし娘がおばを見つけたいと思えば、可能なのよ」

マックは視線を下げたまま、唇をすぼめてうなずいた。「君のレンタカーを、湖の、ほかの車が発見された場所から一・六キロほど離れたところで見つけたよ。少年たちの仕業だということもわかった」

「それはよかった、マック。あなたなら見つけ出すとわかっていたわ」

「君の荷物は車にはなかったよ。少年たちが捨ててしまったんだ」

「かまわないわ」

マックはようやくブリジットに視線を向け、彼女を見つめてから、喉元に視線を移した。ブリジットは一度もはずしたことのない、マックからもらった銀のネックレスを指でいじった。「そうだろうな。それで、どうしてここまで来たんだ?」

ブリジットはにっこりして、マックのデスクのわきまでやってきた。マックは椅子に座ったまま、ぐっとそっくり返り、二人の間に距離をおいた。警戒を解くことはできない。ブリジットがやってきた理由がわかるまでは。彼女はブルージーンズをはいていても、美しく上品に見える。ジーンズはリーバイスではなく、おそらく五倍以上は値段の高い、デザイナーブランドのものだ。その上に、マックが以前あげたTシャツを着ている。袖《そで》をまくりあげ、ウエストのところでシャツを結んでいて、シャツの胸にはWCSDのイニシャルが横に入っている。ウインチェスター郡保安官事務所。

ああ、なんてことだ。

ブリジットは大きな黒いトートバッグの中に手を突っこみ、〈コロラド・チャックス〉の白い袋を取り出した。「一つは私ので、一つはあなたのよ」彼女はそう言うと、パイクス・ピーク・バーガーを二つ、マックの前に置いた。チリと玉ねぎがいっぱいはさまったハンバーガーはひどくにおったが、マックはかまわなかった。彼の口元に笑みが浮かんだ。

「おいしい食事は別として、私はここに行方不明者の報告書を提出しに来たのよ。ブリジット・エリオットが行方不明のようなの」彼女はマックのデスクの上に腰をかけ、わずかに前かがみになった。マックは彼女の香りを吸いこみ、つややかな金髪を見つめ、大きなラベンダーブルーの瞳をのぞきこんだ。

「ほんとうかい？」

「彼女のひねくれた、冷酷な部分が行方不明なの。きっともうぜったいに見つからないと思うわ。永久に消えてしまったのよ」

「それで、この報告書にはほかになにを記入したらいいのかな？」

「そうね。ブリジット・エリオットはまだ本を書きたがっているようなの」

マックは眉をつりあげ、ブリジットがオフィスに入ってきた瞬間に感じた希望を呪《のろ》った。彼女はまだあの卑劣な本を書くつもりなのだ。

「児童書よ。ブリジットは本屋で子供たちに本を読み聞かせるのが大好きらしくて、児童書を書くという天職を見つけたと思っているわ。彼女が書こうと思っているのはそれだけよ、マック」ブリジットはほほえんだ。彼女の目は明るく輝いている。「ジェーンとブリジットは同一人物なの。私は自分が誰であるかを否定できないわ。たしかに裕福で、これまでずっと、ほとんどの人たちが想像もつかない特権を持ってきたわ。でも、私は変わったのよ。ここであなたと暮らすことで、もっと大切なことに、目と心が開いたの。私が今、望むのはあなたの愛だけよ。もしあなたが私を受け入れてくれるのなら」

マックは席から立ちあがって、ブリジットの前に立ち、両手をデスクについて、彼女を動けなくしたので、二人の体はほんのわずかしか離れていなかった。「ヨーロッパ旅行や、デザイナーブランドの服、そしてたいていの女性が夢見るだけのライフスタイルをあきらめてもかまわないというんだね？」

ブリジットは両腕をマックの首に巻きつけ、うなずいた。「パイクス・ピーク・バーガーや、あなたの牧場でデイジー・メイに乗って出かけたり、毎朝あなたといっしょに目覚めたりする、一生にまたとないチャンスのためにならということ、リッグズ保安官？　ほんとうよ」

マックは自分の耳が信じられなかった。胸が高鳴り、頭が鳴っている。「たしかだね？」

ブリジットの笑みが消えていき、一瞬マックはすべて自分が想像したことだったのだと思った。

「マック、私の家族は全員ニューヨークにいるわ。私は家族のみんなが大好きなの。ときどきはニューヨークに行きたいのだけど」

「僕たちなら、なんとか都合をつけられるよ」

「僕たち？」ブリジットの声には希望に満ちた響き

がある。

「ほら、ブリジット。これを見てごらん」マックはデスクの引き出しを開けて、しまいこんであったチケットを取り出し、ブリジットに手渡した。

「ニューヨーク行きのチケットだわ」ブリジットはかすかにとまどって言ったが、そのすぐあと、美しい目が明るく輝いた。「明日、私に会いに来るところだったのね？」

「ばかなまねをするつもりだったのさ。君を説得して、家に連れ帰りたいと思っていた」

ブリジットの顔に喜びがあふれ、二つのえくぼがくっきりとかわいくのぞいた。

「君に夢中だよ、スイートハート」

ブリジットは頭をのけぞらせた。目が輝いている。

「私もあなたに夢中よ」

マックはもう一度、デスクの引き出しに手を突っこみ、黒いベルベットの箱を取り出した。ブリジットはそれに気づいて、息をのんだ。

「今夜はばかなまねをしたっていいだろう」マックはつぶやいた。「ブリジット・エリオット、君を心の底から愛している。君は――」

ブリジットは黒い箱をひったくって、開けた。

「イエスよ、イエスだわ！　まあ、なんてきれいなの、マック。私の答えはイエスよ」

マックはくすくす笑って、ダイヤモンドの指輪をブリジットの指にはめた。「僕と結婚してくれるかい？」彼は言いかけていた言葉を最後まで言ったが、すでに答えはもらっていた。「僕の妻になってくれ」

「ああ、マック、愛しているわ」ブリジットはそっと言った。

マックはかがんで、まもなく妻となる女性に深くキスをした。彼の心は愛に満ちている。キスはマックが思っていた以上に長く、深くなり、二人の唇と体はおたがいを貪欲《どんよく》に求めていた。ブリジットがデスクの上に体をのけぞらせると、マックも続き、書類が飛んでいく。

「マック」ブリジットはかすれ気味の声でささやいた。「保安官のオフィスで保安官と愛を交わしたら、罪になると思う?」

マックはブリジットから体を離した。「たぶんね」彼はそう言うと、足早にオフィスのドアに近づき、しっかりと鍵《かぎ》をかけて、デスクに戻ってきた。彼はブリジットの体に体を重ねて、彼女の唇に長く、ゆっくりとキスをした。「だが、もししなければ、罪を上まわることになるよ。とんでもなく不名誉なことだろうね」

とっておきの、ときめきを。
ハーレクイン

残酷な真実
2007年6月5日発行

著　　者	シャーリーン・サンズ
訳　　者	南　和子（みなみ　かずこ）
発 行 人	ベリンダ・ホブス
発 行 所	株式会社ハーレクイン 東京都千代田区内神田 1-14-6 電話 03-3292-8091（営業） 03-3292-8457（読者サービス係）
印刷・製本	凸版印刷株式会社 東京都板橋区志村 1-11-1
編集協力	株式会社風日舎

ISBN978-4-596-51181-2 C0297

2200号記念!

ペニー・ジョーダンが魅惑のシークを描いた〈砂漠の恋人〉の続編!

第4話『真夏の千一夜』

父から遺されたズーランのコンドミニアムでの
初めての夜、グウィニスは衝撃的な光景を目にする。
それは、裸で現れた見知らぬ男性だった。

●ハーレクイン・ロマンス　R-2200　**6月20日発売**

世界18カ国で絶大な人気を誇る

デビー・マッコーマーの心温まるロマンス

3話収録

☆父危篤の知らせを受け、久々に顔をあわせた三姉妹が
幸せを掴むまでを描いた3話

『オーチャード・ヴァレー三姉妹物語』

第1話「氷のヴァレリー」(初版:I-856)
第2話「炎のステファニー」(初版:I-864)
第3話「そよ風のノーラ」(初版:I-869)

●ハーレクイン・プレゼンツ作家シリーズ別冊　PB-37　**6月20日発売**

その結婚、世間体か、便宜か、愛ゆえか?!——

リージェンシーの世に咲く、3つのウェディング

『結婚と名誉』 3話収録

第1話「勝ち気な花嫁」ケイシー・マイケルズ作
第2話「面影を求めて」ゲイル・ウィルソン作
第3話「一万ポンドの花婿」リン・ストーン作

●ハーレクイン・プレゼンツ スペシャル　PS-46　**6月20日発売**

6月20日の新刊　発売日6月15日（地域によっては18日以降になる場合があります）

愛の激しさを知る　ハーレクイン・ロマンス

過去が奪った愛	ヘレン・ブルックス／ささらえ真海 訳	R-2198
誘惑される理由	キム・ローレンス／井上京子 訳	R-2199
真夏の千一夜（砂漠の恋人）	♥ペニー・ジョーダン／田村たつ子 訳	R-2200
罪深きヴィーナス（ダラスの三銃士Ⅱ）	サンドラ・マートン／藤村華奈美 訳	R-2201
傷跡まで愛して	♥ミランダ・リー／桜井りりか 訳	R-2202
終わりにできない関係	♥ケイト・ウォーカー／春野ひろこ 訳	R-2203
呼び覚まされた屈辱（男爵家のスキャンダルⅡ）	ケイト・ハーディ／結城玲子 訳	R-2204
美しき船出	アン・マカリスター／松本果蓮 訳	R-2205

人気作家の名作ミニシリーズ　ハーレクイン・プレゼンツ 作家シリーズ

恋する男たちⅠ　シークの祈り	ミシェル・リード／柿原日出子 訳	P-300
都合のいい結婚Ⅱ		P-301
花嫁の嘘	クリスティン・リマー／小川孝江 訳	
夏の日のアクシデント	クリスティン・リマー／島野めぐみ 訳	

一冊で二つの恋が楽しめる　ハーレクイン・リクエスト

一冊で二つの恋が楽しめる－シンデレラに憧れて		HR-143
魅せられた伯爵	ペニー・ジョーダン／高木晶子 訳	
シンデレラに恋の歌を	トリシャ・アレクサンダー／岡　聖子 訳	
一冊で二つの恋が楽しめる－愛は落札ずみ		HR-144
愛のオークション	ローリー・フォスター／山田信子 訳	
花婿買います	メアリー・リン・バクスター／宮沢ふみ子 訳	

ロマンティック・サスペンスの決定版　シルエット・ラブ ストリーム

甘く危険な逃避行（続・闇の使徒たちⅤ）	カイリー・ブラント／高瀬まさ江 訳	LS-328
いにしえの呼び声	♥シャロン・サラ／宮崎真紀 訳	LS-329
愛を知らない王女（奪われた王冠Ⅱ）	カレン・ウィドン／南　亜希子 訳	LS-330

エクストラ／ベリー・ベスト

さまよえる女神たちⅥ		LSX-6
我がいとしきゼウス	シンディ・ディーズ／漆原　麗 訳	
傷だらけのニケ	ドラナ・ダージン／中野　恵 訳	

HQ comics　コミック売場でお求めください　6月1日発売　好評発売中

ため息の午後	佐柄きょうこ 著／ステファニー・ボンド
拒まれたプリンセス（奪われた王冠Ⅰ）	岡田純子 著／マリー・フェラレーラ

クーポンを集めてキャンペーンに参加しよう！

どなたでも！「25枚集めてもらおう！」キャンペーン「10枚集めて応募しよう！」キャンペーン兼用クーポン ➡ 2007 6月刊行 ⬅ 会員限定ポイント・コレクション用クーポン

♥マークは、今月のおすすめ